Pour Tom Bishop,

Un si léger cauchemar

à base de crevettes (18%) et de clones, entre autres...

Avec ma sympathie vive

Du même auteur

Aux éditions Odile Jacob

La Compagnie des philosophes, 1998. Poches Odile Jacob, 2002.

Des idées qui viennent (avec Dan Sperber), 1999.

101 expériences de philosophie quotidienne, 2001 (*Prix de l'essai France-Télévision*). Poches Odile Jacob, 2003.

La liberté nous aime encore (avec Dominique Desanti et Jean-Toussaint Desanti), 2002. Poches Odile Jacob, 2004.

La Compagnie des contemporains. Rencontres avec des penseurs d'aujourd'hui, 2002.

Dernières nouvelles des choses. Une expérience philosophique, 2003. Poches Odile Jacob, 2005.

Michel Foucault. Entretiens, 2004.

Votre vie sera parfaite. Gourous et charlatans, 2005.

Aux éditions du Seuil

Le Culte du Néant. Les philosophes et le Bouddha, 1997. Points, 2004.

Le clonage humain (avec Henri Atlan, Marc Augé, Mireille Delmas-Marty, Nadine Fresco), 1999.

Les religions expliquées à ma fille, 2000.

Fous comme des sages. Scènes grecques et romaines (avec Jean-Philippe de Tonnac), 2002. Points, 2006.

La philosophie expliquée à ma fille, 2004.

Chez d'autres éditeurs

L'Oubli de l'Inde. Une amnésie philosophique, PUF, 1989. Le Livre de Poche, 1992. Points, 2004.

Philosophie. Lycée. Bordas, 2003.

Chemins qui mènent ailleurs (avec Henri Atlan), Stock, 2005

Roger-Pol Droit

Un si léger cauchemar

Flammarion

ISBN : 978-2-0806-9058-6

Pour l'Oiseau,
en attendant
la prochaine tournée
des Zucchini.

Bref avertissement

S'agit-il de vos pensées ou des miennes ? Rien n'est sûr. Ce souvenir d'enfance ? Peut-être un des vôtres. Ou bien ce rêve, ou ce moment de honte, et encore ce fou rire. Pouvez-vous expliquer ce qu'ils font dans ma mémoire ?

À moins que des bouts de ma tête aient commencé à investir la vôtre. Ils s'installent, prennent leurs aises. Les voilà qui se croient chez eux. C'est une possibilité.

En tout cas, nous entrons, vous et moi, dans une bizarre histoire. Pour y voir clair, j'ai décidé de raconter certaines situations qui nous sont communes. Des histoires qui n'ont l'air de rien, ou de pas grand-chose. Il y règne un assez doux malaise, un tremblement interne.

Des cauchemars, si on veut. Un seul, plutôt, que vous allez découvrir par bribes. Il n'est pas bien effrayant. Léger, presque allègre. Juste déconcertant. Histoire que chacun de nous deux, s'il le peut, reprenne ses billes.

S'il le peut... Car, à mesure que se précisent les liens entre les épisodes, les choses se compliquent.

1

Électronique rébellion

C'est dans l'extrême ouest du Minnesota qu'eut lieu, d'après ce qu'on a pu établir plus tard, le premier incident. Entre quatre et cinq heures du matin, le téléviseur de Barnett Newman Jr. s'alluma de lui-même, à plusieurs reprises. Le son était assez fort pour le réveiller, bien que sa chambre fût à l'étage au-dessus. D'abord intrigué, puis agacé, il finit par se sentir mal à l'aise, et fut vite terrorisé.

Il ignorait qu'au même instant des phénomènes identiques se produisaient dans le Dakota du Nord, le Wisconsin, l'Alabama. On a signalé depuis la même scène, aux mêmes instants, dans la banlieue nord de Lagos, le centre de Malmö, dans plusieurs immeubles de Cape Town comme au sud-est de Séoul, ainsi que dans un foyer d'étudiants de Minsk, une polyclinique de Bogota, et une quarantaine d'autres lieux, détaillés avec précision dans le rapport final.

Les récits des témoins étaient concordants : la télévision s'était allumée seule, de façon soudaine, le son à pleine puissance. Tous avaient été surpris, tirés de leur sommeil ou de leurs occupations, par cet incident. Quand le phénomène s'était répété, une inquiétude les avait envahis.

Ce n'était qu'un début. Dans les heures et les jours qui suivirent, on signala, dans les mêmes lieux, des téléphones portables se mettant à sonner sans que personne appelle, des postes de radio qui changeaient seuls de station, des GPS emmenant les conducteurs dans des endroits éloignés de leur destination, des ordinateurs se connectant automatiquement à des sites web inconnus de leurs utilisateurs, ou bien affichant des messages indéchiffrables, sans compter des coupures de courant intermittentes, des dérèglements des feux de la circulation, des alarmes d'incendie se déclenchant sans mobile apparent, des ascenseurs ne répondant plus aux commandes, des panneaux d'affichage aux indications erronées, des avions retardés ou déroutés.

On recensa un certain nombre d'accidents de gravités diverses, quelques faillites financières, pas mal de suicides. L'ensemble, dans les différentes régions concernées, se trouva mis au compte de pannes et de dysfonctionnements qui seraient bientôt élucidés. L'hypothèse d'un virus informatique de nature nouvelle fut évoquée, avant d'être abandonnée.

Tout cessa, aussi brusquement que tout avait commencé, au bout de quatre jours exactement. Personne ne trouva d'explication satisfaisante à cette série de phénomènes. Les dossiers de plaintes furent classés sans suite, les poursuites suspendues. On oublia.

C'est par hasard que le fils de Barnett Newman Jr., plus de vingt ans après les faits, trouva, dans les papiers de son père, un épais dossier brun. Il contenait un rapport sur ces questions, d'une centaine de pages, classé Secret Défense. Une liste détaillée des lieux, des heures et des phénomènes observés avait été établie. Plusieurs hypothèses étaient envisagées : l'essai d'une nouvelle arme capable de brouiller les communications, l'intervention d'émissaires extraterrestres, une action terroriste avortée, conduite par un hypothétique réseau « Che Guevara ». Il n'était pas exclu, d'après les conclusions du rapport, que ces hypothèses soient vraies toutes les trois.

Dès qu'il eut achevé sa lecture, l'homme décida d'aller porter le document, le lendemain matin, aux autorités. Il fut abattu dans la nuit.

2

Marché aux timbres en Alaska

Chaque samedi, à partir de la prise des glaces, des philatélistes descendants d'anciens chercheurs d'or ont décidé de se réunir sur un terrain vague, bordé au nord par d'anciens entrepôts, entre Skagway et Klondike, sur la côte est de l'Alaska. C'est probablement dans les années 1950 que ces rencontres sont devenues régulières, et leur popularité, depuis lors, a crû rapidement.

La plupart des premiers participants étaient employés par la conserverie de poissons locale, filiale d'une importante entreprise d'Anchorage. Le premier à s'intéresser aux timbres, selon les indications transmises par le bulletin de l'annuaire des Anciens, fut Samuel Peter. Pour des motifs demeurés obscurs, il possédait un stock de vignettes bulgares assez rares, notamment le fameux Hermès lilas 3 zlotys non dentelé 1928, qu'il cherchait désespérément à échanger contre une série de papillons himalayens lui faisant défaut.

En quelques années, plusieurs dizaines de collectionneurs prirent l'habitude de se réunir ainsi, chaque semaine, dans le froid glacial. Ils venaient avec leurs carnets et leurs pinces, leurs albums de poche et leurs pliants. Les vignettes les plus prisées représentaient des pêcheurs de crevettes, ou des portraits de Spinoza enfant, suivies de près, dans l'ordre des cotes locales, par les effigies de Chou En-lai, de Che Guevara et du Maharal de Prague, représenté uniquement de profil, sur fond rouge.

En dépit de l'enthousiasme des participants, les inconvénients du climat se firent rapidement sentir. La température avoisinant couramment les moins quarante, il était la plupart du temps impossible d'ouvrir les albums, collés par le gel. Si l'on y parvenait, les timbres, instantanément transformés en petits rectangles durs et cassants, étaient presque impossibles à saisir avec une pince et se retrouvaient irrémédiablement pliés, ou déchirés par suite d'une brusque cassure.

Sans compter que le vent, très violent, parcourait fréquemment la banquise et giflait de plein fouet le terrain où les hommes se réunissaient, venant à intervalle régulier disperser leurs maigres trésors. Ces mauvaises conditions occasionnèrent plusieurs suicides, malgré l'endurance légendaire de ces pionniers accoutumés aux situations les plus rudes.

On décida donc de nouvelles règles. Timbres soigneusement serrés dans une sacoche hermétique qu'ils conservaient en bandoulière, les hommes devaient rester debout, côte à côte, face au vent de glace, aux températures effroyables, à la nuit polaire, sans faire un geste, sans manger ni boire, aussi longtemps que possible.

La réunion prenait fin dès que l'un d'entre eux s'affalait, généralement la face contre terre, parfois renversé sur le dos, transi. Son voisin de droite détachait alors, patiemment, la sacoche du perdant. Tous allaient dans les anciens bureaux des entrepôts désaffectés se réchauffer, boire force whisky et se partager les timbres de celui qu'ils venaient d'abandonner dans la glace.

Cette façon de faire suscita un vif engouement et se perpétua jusqu'à aujourd'hui, où les hommes la dénomment « faire collection ».

3

Guevara en Finlande

Ce documentaire n'a pas encore été diffusé. Projection privée, invités triés, rien de très important malgré tout. Donc nous en sommes, vous comme une surprise, moi jouant le blasé. Ce n'est qu'un jeu.

Le film montre que le Che n'est pas mort, contrairement à ce que tout le monde croit. Il vit paisiblement, en retraité modeste, dans la grande banlieue d'Helsinki. Il souffre d'un considérable embonpoint, de crises d'asthme et parfois de migraines oculaires. Les cheveux teints en blond, le visage imberbe, il est méconnaissable.

Personne, d'ailleurs, dans son voisinage, ne se doute. Jamais il ne parle de son passé, pas la moindre allusion. Il s'est inventé une jeunesse rangée, une biographie sans aspérité.

À aucun moment, personne n'a remarqué quoi que ce soit de bizarre dans son comportement. Sa carrière d'ingénieur s'est déroulée sans incident. Jusqu'à sa retraite, il a contrôlé efficacement l'élevage de crevettes d'une grande conserverie finlandaise. La production intensive de crevettes d'élevage était devenue indispensable, après que l'expansion de l'algue verte eut décimé les pêcheurs côtiers d'autrefois. C'était pourtant une race robuste, reprenant au printemps, obstinément, sa course régulière et captatrice. Leur disparition avait été une catastrophe écologique autant qu'économique.

On pouvait, légitimement, se demander pourquoi le héros de la Révolution avait ainsi décidé de changer de vie. Sans doute les causes réelles d'une telle mutation échapperaient-elles à toutes les investigations. Quelques raisons s'entrevoyaient, toutefois, au fil du reportage.

Une jeune journaliste finlandaise, venue interviewer le chef de la guérilla, avait enflammé son cœur et son corps. Ils avaient résolu de fuir ensemble, préférant une vie petite-bourgeoise et clandestine à la mort héroïque qui attendait le combattant de la révolution. Après sept ans d'une idylle tranquille, la jeune femme mourut dans un stupide accident de voiture.

Le héros pensa d'abord en finir avec la vie, puis résolut d'accepter son destin. Il se raccrocha à ce qu'il pouvait, en particulier une consommation inconsidérée de *rice crispies*, dont les crépitements discrets avaient le pouvoir de calmer la douleur de son âme.

C'est ainsi que Che Guevara, qui avait fait mourir un sosie à sa place, mena la vie paisible d'un ingénieur en élevage de crevettes, amateur de *rice crispies* en quantités excessives, sans que jamais personne soupçonnât sa véritable identité ni son existence passée. Le reportage allait faire sensation, et révéler Helmut Langsame, le réalisateur qui sera bientôt célèbre sous le pseudonyme de Helmut Rapido.

Vous avez trouvé décevante cette retraite anonyme du révolutionnaire le plus hardi. Décevante, et surtout incompréhensible. Pour ma part, je n'y compris rien non plus, mais j'étais plus amusé que déçu, réjoui par l'incongruité des faits, et par le démenti sordide, éclatant et sordide, qu'apportait au romantisme de la guérilla cette escapade interminable.

Dans le hall, à la sortie, une personne apparemment bien renseignée, avec un fort accent cubain, ajoutait, d'une voix puissante, que cela expliquait enfin pourquoi Fidel Castro, depuis toujours, pour chacun de ses anniversaires, recevait un colis anonyme, contenant une boîte de crevettes congelées et un paquet de *rice crispies*. Le chef de cabinet du Lider Maximo, ponctuellement, année après année, les mettait à la poubelle.

4

L'interprète chinoise

La lumière est tamisée. On voit juste assez, grâce aux lampes réparties de place en place, pour prendre des notes. C'est une réunion d'experts. Difficile de savoir de quoi ils parlent. À moins d'être soi-même un des spécialistes convoqués, les chances de comprendre sont, en fait, extrêmement minces. D'ailleurs, rien n'assure qu'un intervenant saisisse ce que disent les autres, ni ce qu'il affirme lui-même.

C'est pourquoi la salle est petite. Malgré cette exiguïté, une grande partie des places n'est pas occupée. Ne sont présents, c'est évident au premier regard, que les experts participants, auditeurs et orateurs successivement. Aucun spectateur, à part vous et moi.

Il semble qu'il soit question de mesures à prendre pour protéger l'environnement, limitation des émissions de gaz à effets de serre dans les pays de moins de mille habitants les années bissextiles, à moins qu'il ne s'agisse de prévention du cancer, campagne de distribution gratuite de préservatifs dans le périmètre des centrales nucléaires de type ancien. Sont aussi évoqués : le contingentement de la pêche à la crevette, le marché mondial des produits congelés, la protection des systèmes électroniques contre les pannes générales.

Mais vous n'en êtes pas certain, et moi non plus. La plus grande part des communications est prononcée dans des langues dont nous ne comprenons pas un mot.

Vous avez remarqué tout de suite, en revanche, la cabine de l'interprète. Elle est bien visible : c'est la seule allumée. Sur la vitre, un mot en chinois. Je ne sais pas plus que vous le distinguer du japonais, je crois d'ailleurs que c'est plus ou moins semblable, je veux dire graphiquement. Mais, en dessous, sur la vitre, il est inscrit « Chinese ». Aucun mérite.

Vous avez repéré, avant moi, la jeune femme dans la cabine. Un spot lumineux l'éclaire du plafond, créant un curieux reflet sur sa frange de cheveux, très noire. Louise Brooks en demoiselle de Shanghai, ou l'inverse. Sa peau paraît très blanche, ses lèvres très rouges. Elle s'applique, les yeux baissés, articule avec soin, faisant par instant trembler le reflet sur sa frange. Ses jambes ne sont pas visibles.

C'est vous, également, qui avez pensé en premier que c'était une fille de Chou En-lai. Pas invraisemblable, bien que la ressemblance ne saute pas aux yeux. En regardant, on se dit que peut-être. Mais bon. De toute manière, Chou En-lai a dû avoir d'innombrables filles, sinon la Chine ne serait pas si peuplée.

Toutefois, bien que ce point soit instructif, il ne m'a pas retenu. M'a paru curieux, en revanche, le fait que personne, dans la salle, n'ait mis de casque pour écouter la traduction. J'ai vérifié : aucun participant, ni dans les rangées ni à la tribune, n'utilisait les écouteurs. J'ai également constaté, sur le casque à ma disposition, que la voix de la jeune femme était parfaitement audible, sur le canal 1. Un coup d'œil sur le programme et sur la liste des participants a confirmé qu'aucun expert n'avait le chinois pour langue de travail.

Il fallut, alors, se rendre à l'évidence : personne, absolument, dans cette réunion, n'utilisait la traduction simultanée. La jeune femme à la frange, qu'elle ait été ou non fille de Chou En-lai, parlait dans le vide. Elle s'appliquait à traduire des rapports techniques dans une langue parlée par un grand milliard d'hommes sans que personne en recueillît la moindre bribe.

Je me souviens très bien vous avoir fait passer un bout de papier. J'y disais, à peu près, que les experts étaient dans la même situation que l'interprète : ils parlaient sans que personne, dans la salle, ne les écoute. Je devais ajouter que nous étions tous, finalement, dans cette situation, traduisant des choses inintelligibles à l'usage de gens qui ne se servent pas du casque.

Vous avez froissé le papier avec un léger sourire. Je me suis demandé pourquoi, car c'était un geste très inattendu. Vous avez eu tort, je le crains.

5

La marée basse

J'ai longtemps habité au bord de la mer. Vous souvenez-vous ? Quand descendait la marée, le nouvel espace offrait toujours au regard des surprises mineures. Un jouet en plastique coincé dans un rocher, un bout de bois tordu, torturé, un couteau, un bistouri parfois, rarement une biscotte. Quelques cadavres, aussi, généralement de poissons. Bref, des choses sans intérêt. Le seul étonnement qui valait la peine concernait, vous ne pouvez pas avoir oublié, les pêcheurs de crevettes.

Enfoncés dans les vagues jusqu'à mi-cuisse au moins, parfois jusqu'à la taille, ils poussaient imperturbablement, parallèles au rivage, un large filet au ras du sol, invisible puisque englouti par le flot vert. Lorsque coïncidaient le crépuscule et le reflux, ils devenaient visibles. Au moment où la lumière tout entière vient de l'eau, leurs silhouettes noires, dispersées, discrètes, peuplaient l'espace d'une présence obstinée, énigmatique aussi.

Car on ne les voyait jamais arriver. Je suis resté là dix ans, alors je sais de quoi je parle. Jamais, en une décennie d'observations quotidiennes, je n'ai vu un automobiliste, ou un promeneur, se transformer en pêcheur de crevettes. Il était pourtant raisonnable d'imaginer que quelqu'un se harnachât, mît ses caoutchouteuses guêtres, prît en main son filet et s'avançât, pataud Neptune, vers les crevettes apeurées déjà. Mais non, rien, jamais. En dix ans, pas un !

Alors qu'il y en avait toujours, tous les jours, à chaque marée ! Pas une fois la mer n'est descendue sans qu'apparussent les silhouettes. Même les jours de gros temps, sous des grains féroces, il y en avait toujours deux ou trois s'avançant à pas lents, imperturbablement parallèles au rivage.

Un jour, j'ai pensé que je n'avais jamais, non plus, observé le départ d'aucun pêcheur de crevettes. Admettons que, concernant leur arrivée, un hasard explique la situation, une affaire de grand nombre, une probabilité infime, mais rien d'impossible, absolument. Mais le départ aussi, était-ce pensable ? Or, je l'ai certifié tout de suite, pas une seule fois je n'en ai vu un seul sortir des vagues, plier bagages et regagner vélo ou voiture, train ou side-car de couleur vive tranchant sur le gris bleu diffus du matin.

Alors s'est imposée l'hypothèse, au premier regard incongrue, mais rapidement confortée par mes autres observations, que les pêcheurs de crevettes ne sortaient jamais des vagues. Ils étaient là en permanence, recouverts à chaque marée, découverts à son reflux, persistants dans leur pêche, tête baissée, parallèles au rivage. Ils appartenaient sans doute à une espèce marine côtière, pourvue d'une remarquable apparence humaine et, dans l'ensemble, encore mal connue.

D'ailleurs, cela m'inquiétait : comment se faisait-il qu'on ait prêté aux pêcheurs de crevettes si peu d'attention ? De vastes interrogations demeuraient sans réponse : de quoi se nourrissaient-ils ? Quel était leur mode de reproduction ? La variété à ciré jaune, fortement minoritaire, avait-elle dans le groupe une fonction particulière ? Avaient-ils une fonction militaire, économique, écologique ?

J'ai alerté plusieurs organisations internationales. Mon combat a duré des années. On a fini par me promettre, il n'y a pas si longtemps, que l'on organiserait sur ces questions une réunion d'experts, à la condition, qui me parut d'abord singulière, qu'il y eût dans la salle une interprète pour la langue chinoise. J'espère que vous viendrez.

6

La carte des eaux

Grand restaurant. Vrai de vrai, avec tous les indices, toutes les garanties. Pas une simulation, effet d'une éphémère rumeur, succès d'une saison. Au contraire, une institution, un lieu mythique. Des générations de gourmets ont patiné les chaises et feutré l'atmosphère. Vous êtes heureux d'y être. Légèrement impressionné aussi, comme face à une page d'histoire, ces sortes de choses. Attentif à ne pas perdre une miette de tant de merveilles enchevêtrées, des boiseries à l'argenterie, des lumières aux porcelaines, bientôt surpassées par le jeu des fumets et des textures.

Vous avez étudié le menu, hésité entre plusieurs choix. Comme tout le monde. Finalement, nous avons passé commande. Moment presque solennel, grave, maître d'hôtel attentif, avant-goût d'un bonheur irrémédiable. Il reste à parfaire. Décider des vins, les harmoniser au plus juste avec chacun des plats. Instant délicat, presque périlleux. Compromis, incertitude.

Un grand sommelier s'avance, de noir vêtu, sous le bras un épais volume relié de cuir sombre. Il pose à vos côtés ce mastodonte détenteur du secret des caves. « Voici notre carte des eaux », dit-il d'une voix caverneuse. Ai-je bien entendu ? « Pardonnez-moi, je souhaiterais d'abord pouvoir consulter la carte des vins. »

Rire du grand sommelier. Bien qu'étouffé, presque sardonique. « Monsieur plaisante... Nous ne servons plus que des eaux ! Cela ne fait aucune différence, je vous assure. Si vous souhaitez quelques suggestions, je me permets de vous conseiller, sur les crevettes aux truffes, une belle source d'Écosse, une *Speyside Glenlivet*, par exemple. Avec ces crevettes, pêchées ce matin même, et qui viennent chaque jour ici par convoi spécial, cette eau d'une très belle fluidité sera idéale. C'est une Glenlivet *still*, d'une limpidité cristalline, avec une attaque franche, un retour très souple, des arômes de lichen et de mousse, une arrière-bouche légèrement tourbée... cela conviendra très bien ! Ensuite, pour accompagner le chevreuil, je verrais quelque chose de plus charnu, peut-être même bulleux, une galloise, par exemple. La *Llanllyr*, gazeuse naturelle, offre une belle possibilité. Des bulles petites, assez peu denses, mais fermes, un picotis très fin et surtout un frisis très ample, bien enrobant, avec des notes de schiste et de fougère et une arrière-bouche pleine d'embruns, qui peut contraster très agréablement avec les arômes forestiers du gibier.

— Merci... je vais quand même jeter un coup d'œil sur votre carte. »

J'espérais une plaisanterie. Quelque part dans l'énorme livre devaient subsister quelques bouteilles de vin. Mais non. J'ai beau tourner les pages, il n'y a, effectivement, que des crus d'eaux, plus ou moins minérales, plates ou gazeuses, naturellement gazeuses ou gazéifiées, volcaniques ou champêtres, de tous les coins du globe. Des allemandes (*Apollinaris*, *Gerosteilner*), des italiennes (*Ferrarelle*, *Sole*, *Lynx Elite*), des anglaises, galloises, écossaises, suédoises, autrichiennes, sans compter les eaux des provinces de France, classées par région, les eaux du monde, les chiliennes, les argentines, les californiennes, les canadiennes, les eaux du Grand Nord (belle carte d'Alaska) et celle des tropiques.

Ce doit être un rêve, il doit y avoir une issue. Apparemment non. C'est ainsi, à présent. Sans qu'on sache pourquoi, disparaissent goûts et substances, saveurs, odeurs et chairs. À la place, des phrases continuent de parler, sentencieuses, de ce qui est évanoui. Comme pour faire croire, un instant, que tout est encore en place.

Me suis-je dit cela au cours du rêve, ou après, en y repensant ? Vous devez savoir ce genre de choses.

7

La dernière circulaire

Visiblement, une enveloppe officielle. Gouvernementale, on pourrait dire. En tout cas impérative, inévitable, imparable. Ça se voit au format, à la fenêtre en papier cristal, aux symboles de la République, aux couleurs, bien visibles, de la nation. Personne n'aime recevoir ce genre de courrier. En général, rien de bon n'en découle. Appréhension, au moment de décacheter.

Le papier officiel est plié soigneusement. C'est écrit petit. Le texte est plus long que je ne m'y attendais.

« Monsieur,

En application du décret L-225-bis, relatif à la loi de réorganisation adoptée le 2 décembre, vous êtes tenu, à réception de la présente, de mettre en ordre, pour le bien-être des générations futures, la totalité de vos papiers, affaires personnelles, archives, outils, vêtements, correspondances, titres, droits de propriété, souvenirs, mémoires, secrets de famille et tiroirs (liste non limitative, pour l'énumération complète se reporter à l'article 146 641 du Code général de la Mise en Ordre).

L'intention première de cette loi est de faciliter la vie de vos descendants, ou à défaut de vos héritiers, ou à défaut des agents de la collectivité, au moment de votre disparition. L'existence de multiples négligences a montré, en effet, qu'une immense quantité d'énergie était dépensée, chaque année, en pure perte dans le tri des affaires des défunts, par des personnes qui, même très proches, n'étaient pas en mesure de s'y repérer aisément.

Cette situation entraînant de nombreux traumatismes inutiles, et une série de conséquences dommageables pour tous, il est décrété que tout citoyen de la République est désormais tenu de :

– classer ses archives personnelles et professionnelles selon les normes de la directive 137 731,

– ranger ses effets personnels, ses instruments de travail, son patrimoine, de manière "rationnelle et clairement compréhensible", au sens de l'article 16,

– se défaire de tout objet inutile, hors d'usage ou obsolète, sauf dérogation spéciale de la Préfecture des anciennetés,

– mettre en ordre, de manière générale, la totalité de son existence et de ses traces, afin que leur inventaire, transmission et répartition se déroulent, le cas échéant, le plus aisément possible.

Ces décisions prennent effet immédiatement.

Leur application sera vérifiée par les Brigades d'inspection du ministère de l'Ordre. Elle doit être effective au plus tard le 31 décembre prochain.

Au-delà de cette date, les contrevenants s'exposent à la saisie ou à la destruction des effets concernés, ainsi qu'aux amendes définies par le Code général de la Mise en Ordre. »

Je vous téléphone pour savoir si vous avez reçu la même. Vous riez. Vous n'y croyez pas. Vous pensez que j'ai rêvé, ou que je vous fais une blague. Attendez donc.

8

Une conférence risquée

Je me demande pourquoi j'ai accepté. Oui, pour faire plaisir à ce vieil ami, qui insistait tellement. Et puis, c'était loin. Dix-huit mois à l'avance, on se dit qu'on aura bien le temps de préparer. Ça fera un bel exposé, du beau travail, de l'artisanat authentique. On en rêve déjà. À mon âge, pourtant, je ne devrais plus tomber dans ces pièges.

Car suit la vie. La bêtise, l'insouciance, l'oubli. La négligence, la dispersion. Et me voilà sur l'estrade, face à un auditoire très dense, où je reconnais quelques spécialistes, éminents bien sûr, et pourtant je n'ai rien fait, rien absolument, absolument rien. Il va falloir malgré tout que, dans quelques instants, je prenne la parole, tienne quarante minutes, aie l'air de savoir de quoi je parle, donne des références, citations, indications, analyses, alors que je n'ai même pas idée du sujet que j'étais supposé préparer.

Aucun moyen de prendre la fuite, aucune possibilité de feindre une syncope, une crise d'épilepsie, une attaque cérébrale, n'importe quoi qui me tirerait de cet effroi. Il n'y a évidemment aucune issue. Je suis totalement piégé, fait comme un rat... déconsidéré à jamais.

« Mesdames, Messieurs, chers collègues, je n'ai pas transmis le titre de mon intervention, non par une coupable négligence mais de propos délibéré. Car je souhaitais en réserver la surprise. (Mon Dieu, de quoi donc vais-je pouvoir parler ? Tiens, il y a ce vieux Geoffroy, lui qui connaît Spinoza par cœur, il pourra peut-être intervenir.)

Je vais en effet aborder un sujet peu exploré, en tentant de mettre en lumière "quelques images de Spinoza à Prague en 1638" (mais pourquoi je dis ça ?). Vous n'ignorez pas que Spinoza, pour autant que nous le sachions, n'a jamais mis les pieds à Prague, et qu'en 1638, il avait juste... six ans. »

Je me suis réveillé en sursaut, trempé de sueur, incapable de comprendre, pendant un instant, que ce n'était qu'un mauvais rêve.

C'est sûrement de ma faute. Je n'aurais pas dû dire que les experts ne comprenaient pas eux-mêmes ce qu'ils disent. Ni parler si légèrement de Chou En-lai, de Che Guevara, de la pêche aux crevettes, sujets qui requièrent une constante gravité, sous peine de mettre en péril bien plus que vous ne pensez.

9

La disparition des pommes

Au début, personne n'y avait prêté attention. Quelques illuminés seulement étaient au courant. Quand ils commençaient à prêcher, tout le monde haussait les épaules.

Il faut dire qu'à l'époque leur idée paraissait folle. « Il faut faire disparaître les pommes ! Toutes les pommes doivent être anéanties, tous les pommiers, jusqu'au dernier ! » Voilà ce qu'ils ne cessaient de crier, sur tous les tons.

Leurs affiches représentaient une pomme barrée, ou bien une succession de globes terrestres devenant de plus en plus brillants et radieux à mesure que les pommiers qui parsemaient les continents disparaissaient. Sans pomme, la terre allait enfin resplendir.

Leur raisonnement était simple. Puisque une pomme avait permis au serpent de tenter Ève, il fallait ôter au Mal ce moyen d'entrer dans le monde. Faute de pouvoir éradiquer le Mal lui-même, il fallait lui enlever son intermédiaire. Plus de pommes, et le Malin serait en échec à jamais !

C'était tellement stupide que personne ne pouvait imaginer un succès. Après quelques années timides et stagnantes, les militants anti-pommes connurent pourtant un succès foudroyant. Ils menèrent des campagnes de boycott réussies contre les ordinateurs Apple, contre le cidre, le jus de pomme, les compotes, la ville de New York, et entamèrent un vaste mouvement d'arrachage des pommiers.

« Un pommier en moins, de l'avenir en plus ». La formule couvrait les murs, s'affichait partout. Elle s'inscrivait sur des T-shirts, des casquettes, des bracelets. De gros moyens financiers étaient mobilisés, sans que l'on sût d'où ils provenaient. Les pépinières étaient saccagées, les pépins brûlés. Les amateurs de pommes se firent clandestins. On cultivait les fruits dans des vallées d'accès difficile, protégées par des troupes de guetteurs. Le transport se faisait de nuit, à dos d'homme, dans des sacs d'apparence banale. Les trafiquants qui se faisaient prendre risquaient leur peau.

Longtemps, la situation empira, régulièrement, jusqu'au résultat que nous connaissons : plus aucune pomme sur terre.

Toutefois, du point de vue de l'existence du Mal, on put constater que cette disparition demeurait tout à fait sans conséquence.

10

Haute administration

On ne peut pas être partout. Même le fait de se trouver simultanément en deux lieux différents (ici et là) présente des difficultés insurmontables. C'est à tort, toutefois, qu'on a souvent soutenu qu'il s'agissait là d'un cas de figure rigoureusement interdit, par les lois de la nature ou par les capacités de notre corps. Mieux vaut parler d'une autorisation exceptionnelle, une sorte de dérogation rarissime, octroyée seulement au terme d'une délibération spécifique.

C'est pourquoi les théologiens médiévaux distinguaient soigneusement la *bilocation* (être en deux lieux à la fois) de l'*ubiquité* (être en tous lieux en même temps). Certains archanges (Gabriel, notamment) bénéficient de la bilocation. Grâce à elle, il leur était possible d'apparaître au même instant ici et là, sans que la distance séparant, dans l'espace, ces deux phénomènes concomitants affecte en aucune manière leur présence.

Il était donc possible, pour Gabriel, d'être successivement au four et au moulin, à hue et à dia, au ciel et sur la terre, aussi naturellement que vous seriez, si la bilocation vous était accordée, au travail et en vacances, chez vous et chez l'autre, à la pêche aux crevettes et dans une réunion d'experts (par exemple).

Évidemment, c'était tentant. Aussi, malgré les lenteurs prévisibles et les tracasseries de l'administration, toujours rétive aux possibilités nouvelles, avez-vous décidé de constituer un dossier pour présenter votre demande. Les pièces à fournir ne sont pas très nombreuses :

– une fiche d'état-civil,

– un extrait de casier judiciaire (il est exclu d'accorder la bilocation à des délinquants ou des malfaiteurs, pour des raisons évidentes),

– plusieurs attestations soulignant la nécessité de vous donner satisfaction : employeur, crèche, école, hôpital, associations de bénévoles, vieux parents, etc., peuvent facilement souligner combien il serait utile, pour toute la société, que vous possédiez la bilocation,

– un certificat de non-détention de bilocation. Pour pouvoir obtenir une bilocation, vous devez certifier que vous ne l'avez pas déjà. C'est là que la situation se complique, car l'obtention de ce certificat peut prendre un temps infini. Voyons pourquoi.

Avant d'en venir à cette précision, il convient de justifier de la nécessité d'un tel certificat. Si vous aviez déjà une bilocation et qu'on vous en donne une seconde, rien n'interdirait qu'en combinant ces bilocations (apparaissant en A et en B, mais également en B et en C, en C et en D, *ad infinitum*), vous ne vous retrouviez doté de... l'ubiquité !

Ceci est exclu : Dieu seul peut posséder cette faculté. Et il n'est pas question que vous preniez sa place. L'attestation requise est donc indispensable. Reste à savoir pourquoi son obtention nécessite un délai éventuellement interminable.

L'explication n'a pas été commode à obtenir. Plusieurs personnes, après une longue attente au téléphone, se sont révélées incompétentes, prétextant que la question ne relevait pas de leur service. C'est finalement l'assistante de l'administrateur général des bilocations en instance de certificat de non-détention qui a pu, au terme de plusieurs entretiens dont le compte-rendu détaillé serait fastidieux et inutile, vous éclairer.

Comment vérifier que vous n'êtes pas déjà bilocalisable ? En constatant que vous êtes quelque part, mais que vous n'êtes jamais, au même instant, quelque part ailleurs. Indiscutable. Mais comment s'assurer que vous n'êtes pas ailleurs, alors que vous êtes ici ? En étant partout. Seul un être possédant l'ubiquité est en mesure d'attester que vous ne possédez pas la bilocation.

Seul Dieu, donc, est en mesure de remplir le certificat en question. Cela explique le fait que, jusqu'à présent, aucun papier de ce type n'ait été délivré, sans qu'on puisse savoir s'il s'agit de mauvaise volonté, ou d'une relation au temps très différente de la nôtre.

11

L'oubli du code

Les circonstances n'ont pas grande importance. On peut imaginer que la fatigue vous a submergé, ajouter que vous habitez là depuis peu, ou bien que le code d'ouverture de la porte vient d'être changé, par sécurité, comme on fait régulièrement, à notre époque, dans bon nombre de grandes villes. Ou encore vous avez mangé des crevettes congelées qui, peut-être, n'étaient pas très fraîches. Tout cela est sans intérêt. Peu importent les motifs invoqués, vrais ou faux, vérifiables ou non, vraisemblables ou pas.

Ce qui compte est uniquement ce qui s'est produit. Un désastre blanc, soudain. Vous arrivez devant la porte, normalement, vous tendez la main. Mais un vide – brutal, désarmant – vous fige du dedans. Vous comprenez à une vitesse foudroyante que vous ne savez plus le code. Plus du tout. Vous avez la conviction, déjà, cloué sur place, aussi seul qu'au désert, que votre espoir de le retrouver est un leurre, une illusion, un mirage auquel vous feignez de vous raccrocher, une seconde, pour ne pas tomber tout de suite au sol, comme une flaque claquant le bitume.

Vous vous efforcez, malgré tout, de remonter, de vous ressaisir. Vous tentez d'explorer... quoi au juste ? Votre tête ? Votre mémoire ? Vos souvenirs ? Le stock flou des choses qui devraient, normalement, être à disposition ? Vous savez bien que tout cela n'existe plus. Votre pensée entière est en panne. Totalement en panne. Vous le constatez directement, mais vous faites encore semblant, par habitude, de chercher à vous rappeler ce foutu code de merde qui est bien à présent la seule chose qui vous importe.

Et la seule qui vous manque. Et qui paralyse tout, qui fait basculer l'existence, sans appel, d'un coup. Vous êtes submergé, à la seconde, par un désespoir complet. Il fait froid, vous avez faim, vous n'entrerez plus jamais chez vous, vous errerez sans dormir, sans travail, sans argent, sans amis, sans secours, dans des rues glauques, des terrains vagues, jusqu'au moment où vous mourrez d'épuisement, de tristesse, de faim ou bien sous les coups de voyous bien décidés à vous voler les deux ou trois choses qui vous restent, une dent en or ou une vieille bague.

Il suffit de pas grand-chose, un faux pas, un accroc, pour que tout s'effiloche à toute allure et qu'on soit perdu, totalement. Rien qu'un blanc, un grain de sable, un coulant qui se défait, et la surface des océans se déglingue, vire de bord et vous coulez.

En fait, rien ne vous a manqué. Au dehors, tout est là : le boîtier du code, la porte, la rue, les voitures. Ce qui vous a fait défaut, c'est vous-même et c'est là que s'insinue la terreur : vous avez disparu de vous-même, quelque chose s'est creusé, puis évanoui, effondré, volatilisé dans votre regard, en arrière même, là, quelque part entre vos oreilles.

Alors, tout ça peut bien se terminer facile vite fait, quelqu'un sort de l'immeuble, vous entrez, vous retrouvez ce qu'il faudra ne plus perdre, avoir sur soi, sous une forme ou une autre, pour que ça ne se reproduise pas, vous pouvez encore vous retrouver chez vous, vous endormir, vous remettre au travail, croire que cet incident est clos, l'oubli du code restera toujours, tapi dans un coin, en silence, dans l'ombre, prêt à vous faire trembler de solitude à la moindre occasion, comme un fragment de nerf à vif.

12

Déclaration universelle

La Déclaration universelle des droits de l'homme allait être traduite dans toutes les langues existant dans le monde. Du moins, dans toutes celles où elle ne l'était pas déjà. Il y en avait encore des centaines, certaines parlées par quelques familles seulement, dans des vallées inaccessibles, des recoins de jungle, des atolls perdus. Parmi ces langues, la plupart n'étaient pas écrites, et n'avaient même jamais fait l'objet d'une codification grammaticale. Mais toutes, sans exception, devaient pouvoir dire les droits universels de la personne humaine. Ainsi en avait décidé, souverainement, le Conseil de l'Organisation mondiale.

Fernando Barbarossa avait été chargé de la traduction du texte dans la langue des Tagupi du Nord, minuscule ethnie nomade dont les territoires de chasse se situaient aux alentours des sources de l'Amazone.

Il fallait environ quinze jours pour aller de la côte au pays tagupi, onze jours de bateau et quatre jours de marche. Au cours du voyage, Barbarossa avait oublié à mesure les consignes détaillées de l'Organisation. Il avait renoncé à exposer aux indigènes les raisons de sa présence, la portée du texte, le sens même de son existence. Il savait que c'eût été peine perdue.

En songeant au temps passé chez les Tagupi, vingt ans plus tôt, il se rendait compte du caractère inapplicable des instructions qu'on lui avait données. Jamais ces chasseurs nomades, ignorant tout du monde industrialisé, ne pourraient comprendre quoi que ce soit à ce texte, à sa fonction ou à son contenu. Il était même probable que toute tentative en cette direction lui attirerait les pires ennuis. Après tout, la seule chose qu'on lui demandait était une traduction, transcrite dans les normes de l'alphabet phonétique international, en langue tagupi.

À mesure que le vieux rafiot poussif avançait sur le fleuve, l'envoyé de l'Organisation mesurait plus crûment le caractère absurde de sa mission. Jeune encore, il était parvenu à maîtriser des rudiments de cette langue utilisée par quelques familles seulement dans cette région déserte et inaccessible. Il avait été le premier et le seul Occidental à y parvenir. Cela lui avait valu un poste à l'Université, une petite notoriété, et finalement ce nouveau voyage. Mais il se rendait compte, dans la torpeur du fleuve et le bruit lancinant des machines, qu'aucun terme important de la Déclaration universelle des droits de l'homme n'avait d'équivalent, même approximatif, en tagupi.

Son intitulé constituait un problème insoluble. « Déclaration », en tagupi, ne se disait ni de l'amour ni des impôts. Le terme n'était même pas applicable à la parole. La guerre, seule, pouvait fournir un rapprochement possible. « Déclaration », un Tagupi pouvait le comprendre en parlant de « chant d'ouverture de la guerre ».

La suite était plus hasardeuse encore. Barbarossa avait beau se creuser la cervelle, il ne trouvait aucun vocable tagupi capable de rendre le sens du mot « universel ». L'expression la moins éloignée, c'était « sous le ciel blanc », qui désigne la totalité de la forêt, du fleuve et des animaux et humains peuplant cette terre. Pour traduire « droits », il ne voyait que dire.

Si, malgré tout. Il y avait ce mot des guerriers qui signifie « la force de l'arc ». Avoir « la force de l'arc », c'est pouvoir légitimement s'emparer des femmes, des armes, des provisions de l'ennemi. Celui qui a la force de l'arc a le droit d'agir comme bon lui semble.

« Homme » n'existait pas non plus, du moins en tant que terme générique. « L'homme » ne pouvait se dire que d'une seule manière : « Les vaillants Tagupi ».

C'est le dernier jour, avant d'accoster pour la dernière escale et d'entamer une marche épuisante dans la moiteur, que Fernando Barbarossa décida. Il irait voir l'homme de l'arbre creux, celui qui sait tous les chants de guerre. Il l'avait bien connu autrefois. Si jamais il était mort, le fils aîné de la première sœur de sa femme lui aura succédé, selon la coutume. Il irait donc le saluer, et lui dire que son peuple à lui, Fernando, demande aux Tagupi de lui faire l'honneur d'un chant de guerre. Non, cela n'allait pas : un chant de guerre ne peut se transmettre, ni même se proférer sans de lourdes conséquences.

À la réflexion, le mieux serait d'aller voir l'homme de l'arbre creux et de lui dire : « J'ai entendu, autrefois, le chant d'ouverture de la guerre sous le ciel blanc pour la force de l'arc des vaillants Tagupi, et je suis revenu sur ta terre, après tant de lunes, pour l'entendre encore. »

« Même s'il ne comprend pas bien, et pense que j'ai sur ma tête l'oiseau soleil, comme ils disent, il ne voudra pas perdre la face. Il se mettra donc à chanter un long moment. Au retour, je n'aurai qu'à transcrire phonétiquement, sur le bateau, en ajoutant des numéros pour les articles de la Déclaration. Et si jamais il ne chante pas ? Il faudra que j'improvise », se disait Fernando Barbarossa.

13

Une vente exceptionnelle

Dans la salle, beaucoup d'écrivains âgés. Quelques-uns plus jeunes, venus peut-être par curiosité. Des avocats également. Plusieurs greffiers, quelques archivistes. Des antiquaires, évidemment. Ils sont tous venus, car la vente est exceptionnelle. L'événement était annoncé de longue date. L'exposition a tenu les promesses du catalogue, et même plus. Personne ne veut manquer l'extraordinaire rareté qui constitue le clou de ces enchères.

Le commissaire-priseur en a prévu la vente seulement en toute fin de séance. Chacun le sait. Tous sont pourtant là dès l'ouverture. Pour ne rien manquer. Il est vrai que les lots dispersés sont de qualité.

Les premières adjudications furent intéressantes, mais sans plus. Un stylo de Gide, une punaise de Léautaud, un élastique ayant appartenu à Jouhandeau, trouvèrent rapidement preneurs, sans susciter d'enthousiasme.

À mesure, la tension commença à monter. Une virgule ayant servi à Voltaire fut finalement adjugée au-dessus des plus fortes estimations. À partir de là, le crescendo fut rapide. Des guillemets de Beaumarchais, une parenthèse de Proust, un trait d'union de Balzac, une série de points de suspension de Stendhal se virent âprement disputés.

L'atmosphère devint électrique quand on en vint aux pièces uniques. Une majuscule de Montaigne, ne figurant pas dans les *Essais*, remporta un vif succès. Une véritable bataille se livra entre deux académiciens pour une apostrophe attribuée à Shakespeare. Le record fut atteint par un accent circonflexe ayant appartenu successivement – hasard à peine croyable – à Diderot, Sade et Barrès.

Bien des merveilles, en quelques dizaines de minutes, trouvèrent acquéreurs à des prix faramineux. L'excitation était à son comble quand fut présentée cette chose extraordinaire pour laquelle tous étaient venus.

Il s'agissait d'un point final. De toute beauté : définitif, anonyme, sans appel, et n'ayant jamais servi. D'une impeccable facture : dense, noir, parfaitement circulaire. On aurait dit qu'il était neuf. Luisant, bien découpé, prêt à clore une œuvre à la première demande.

Tous les regards étaient rivés sur lui. Les vieux écrivains en rêvaient depuis longtemps. Ils le redoutaient aussi, évidemment, mais chérissaient en secret le signe ultime qui pourrait enfin mettre un terme à leur œuvre, cause d'autant de tourments que de joies. Les jeunes espéraient que le peu qu'ils avaient écrit prendrait une nouvelle valeur, une sorte de densité tragique, si un point final s'y inscrivait déjà.

En fait, aucun d'entre eux n'avait encore jamais vu un tel point. C'est pourquoi, sans doute, ils le dévoraient des yeux, avec une sorte d'avidité muette.

Au moment d'ouvrir les enchères, le commissaire-priseur fut surpris de voir l'un des écrivains les plus âgés se lever, et quitter la salle à pas lents. En quelques instants, tous en firent autant, sans un mot. Le vendeur se retrouva avec son point final. Personne n'en voulait.

14

Ultime senteur

Arcimboldo Bacigalupo ne fabriquait pas seulement des orgues de Barbarie. Il s'était, certes, fait connaître comme le dernier facteur, et le plus attentif, de cet instrument. Sa renommée s'était étendue à toute l'Europe, et aux autres continents. Mais il avait également, si l'on ose dire, un violon d'Ingres. Il composait des parfums.

Il en avait plusieurs centaines à son actif, les offrant à ses dulcinées, à ses amis, à sa famille, n'en commercialisant qu'un nombre restreint, par superstition autant que par souci d'entretenir, par la rareté, le sentiment du luxe. Il affectionnait en particulier les harmoniques florales, ponctuées de touches boisées et d'un soupçon d'ambre et de santal, délaissant la plupart du temps les agrumes, qu'il jugeait acides, vulgaires, racoleurs – à l'exception de la bergamote fraîche, exclusivement fraîche.

Un jour vint où Bacigalupo se sentit las. Il se prit à rêver du parfum inaccessible, celui qu'aucun humain jamais n'était parvenu à composer. Peu de temps lui suffit pour saisir qu'il n'y avait qu'une senteur que les hommes, à travers les nations et les siècles, n'avaient pu oser concurrencer. Celle de la mort.

Il savait qu'elle existait. Fragrance unique, inimitable apparemment, que chacun reconnaissait du premier coup. Dans la chambre des très vieux, les malles de grenier, les couloirs d'hôpitaux, parfois dans certains rebuts amoncelés ou placards que l'on vide. Senteur creuse, un peu âcre, épaisse, avec une pointe de rance et de moisi sur un fond terne, poussiéreux. S'y mêlaient des relents de linge et de suint, des arômes de pomme sure, de feuilles rousses, de papier piqué.

Personne, avant lui, n'avait pris la décision inébranlable de tout mettre en œuvre pour la reconstituer, exactement, sous la forme d'un parfum. Il s'aperçut qu'une telle œuvre ne pouvait résulter ni de tâtonnements ni de la fulgurance d'une inspiration.

Il y avait dans son projet, Arcimboldo s'en rendit compte quelque temps après, quelque chose de semblable au grand œuvre des alchimistes. Ce n'est qu'en aimant la mort, en la chérissant du dedans, qu'il avait une chance de parvenir au but.

C'est pourquoi il entreprit de déchiffrer des traités philosophiques, proses obscures, gnoses médiévales truffées de clés, secrets, formules cryptées. Il parla par énigmes, usa d'un mot pour un autre. Il prit des notes en français, langue qu'il ne pratiquait pas et, surtout, qu'aucun de ses collaborateurs ne comprenait.

Le jour de son quatre-vingtième anniversaire, alors qu'il avait vif espoir de toucher au but, Arcimboldo Bacigalupo fut renversé par un camion frigorifique. Le transporteur, qui convoyait un chargement de crevettes congelées, semble avoir eu un moment d'inattention qui fut fatal au vieil homme.

On retrouva dans sa poche un carré de papier plié. Il y était écrit, à la plume, en gros caractères :

Hêtre
Étang
Ail des guerres
Honte au logis
Clairière de Loup-Vert

15

Concours d'épitaphes

Hériter d'une marbrerie funéraire peut être embarrassant, surtout si rien ne vous y a préparé. Jean-Pierre Darbon ne s'y attendait vraiment pas. Il avait suivi, jusqu'alors, en Alaska, puis en Europe, des études sans histoire, plutôt brillantes, dépourvues d'incident notable. Il se préparait à entrer dans un cabinet de conseil en marketing quand il reçut, un matin d'automne, une lettre de Maître Grave, notaire à Angoulême.

Ce courrier l'informait qu'au terme d'un testament, rédigé par feu le baron Hyppolite de Belgat, il héritait de la majorité des actions dans une importante société de marbrerie funéraire, la *Thanatos Unlimited*, implantée principalement dans l'ouest de l'Europe. Il lui était demandé d'entrer en contact au plus vite avec l'étude, afin de convenir d'un rendez-vous.

La semaine suivante, en descendant les marches du perron de l'étude Grave, au rez-de-chaussée d'un hôtel particulier de la vieille ville, Jean-Pierre eut comme un vertige. Il n'aurait pas imaginé, il y avait seulement quelques heures, se retrouver dans une situation pareille ! Non seulement cet Hyppolite de Belgat, dont il n'avait jamais entendu parler, ancien amant de sa mère, était probablement son géniteur, mais encore il lui léguait une fortune considérable, à condition de le voir s'acquitter d'une tâche des plus curieuses.

Le baron – ancien diplomate, un temps consul en Chine, où il avait recueilli, et partiellement élevé, une fille de Chou En-lai – était un esprit excentrique. Il léguait ses parts de la *Thanatos Unlimited* au jeune Jean-Pierre si celui-ci organisait un concours public d'épitaphes. Le candidat qui enverrait, pour sa propre tombe, la proposition la plus spirituelle se verrait offrir la gravure à l'or fin de la formule complète sur sa sépulture.

Le concours était truqué, selon une disposition d'esprit caractéristique d'Hyppolite. Il avait composé sa propre épitaphe et avait donné au notaire toutes les indications utiles pour la poster anonymement. Il participerait donc, par ce biais posthume, à la compétition. Si Jean-Pierre, unique membre du comité de sélection, accordait le prix à la trouvaille d'Hyppolite, il héritait. S'il faisait un autre choix, se révélant incapable de discerner, entre toutes les propositions, l'excellence de son généreux protecteur, tant pis pour lui. Les actions iraient à la caisse de retraite des fossoyeurs du Poitou.

Le plan était diabolique. L'esprit froid et méticuleux du baron avait minutieusement établi une procédure interdisant que le jeune homme pût se faciliter la tâche. Pour que l'épreuve fût jugée valide, il fallait au moins une douzaine de réponses, copiées dans une typographie identique sur des papiers semblables, examinées par le membre unique du comité de sélection durant une délibération intérieure d'une durée ne pouvant excéder deux heures exactement.

Organisé selon les instructions du défunt, le concours, annoncé dans le journal local et dans ceux des départements limitrophes, recueillit quatorze réponses. Installé dans la salle des actes de l'étude, face à autant d'enveloppes toutes identiques, Jean-Pierre Darbon avait à les départager, en s'efforçant de trouver celle qu'avait rédigée Belgat.

« Ouf ! » disait simplement la première proposition. Venaient ensuite des tentatives de provocation (« Et vous ? À bientôt ! », ou « Un salaud de moins », ou encore « Je reviens de suite »), des épitaphes texto (« OQP », « DCD »), des publicités (« Échangerais bière contre Heineken », « Offrez des articles funéraires »), des formules plus personnelles (« Il savait choisir les melons », « Je n'aurais pas dû recommencer »), une exhortation politico-lyrique (« Passe ton chemin, exploiteur ! Vois la misère du monde ! »), une maxime à énigme (« Parlez plus fort, parlez moins fort ») et des plaisanteries convenues (« Je me sens déjà mieux », « Je vous l'avais dit que j'étais malade »).

Jean-Pierre n'eut pas la moindre hésitation. Son choix était le bon, le notaire le confirma aussitôt. Son épitaphe fut donc gravée en lettres d'or sur la tombe d'Hyppolite de Belgat.

Je me souviens parfaitement que, la première fois que vous avez lu cette histoire, vous avez hésité, eu une petite idée, pas été sûr que ce fût la bonne. J'ai soupçonné que vous étiez mêlé à ces affaires.

16

Une découverte scientifique

Un pas décisif dans la connaissance des capacités des neurones a été franchi cette semaine par l'équipe de recherches sur le fonctionnement cérébral du professeur Nguyen Cheng, du Deuxième Hôpital général de Shanghai. Il a pu établir, en effet, qu'il existe une activité neuronale susceptible de produire des images mentales dans le cerveau d'organismes considérés comme morts, et cela même à de très basses températures.

Aussi incroyables que puissent paraître de tels résultats, ils ont été consignés et vérifiés dans les plus strictes conditions d'objectivité, dans l'état actuel de nos informations. Les observations ont été conduites sur des cerveaux de crevettes, ces crustacés présentant la particularité de posséder des neurones d'une taille supérieure à la plupart des autres espèces, et à teneur lipidique élevée. Ces particularités facilitent l'expérimentation et expliquent peut-être, au moins en partie, les faits observés.

Le professeur Cheng et ses collaborateurs ont utilisé des crevettes dites « impériales », cuites à la vapeur et congelées. Ces spécimens, produits par l'usine d'industrie alimentaire n° 4 du district, sont habituellement en vente au rayon alimentation des grandes surfaces. Dans ces organismes biologiquement inertes, il est admis qu'aucune activité neuronale ne subsiste.

Le protocole expérimental a établi que ce n'était pas le cas. Même à – 30° centigrades, des différences de potentiel furent mesurées dans les neurotransmetteurs de type α et γ avec des intervalles de 72 millisecondes, signe évident d'activité cérébrale.

Plus étonnantes encore furent les découvertes de la phase 2 du protocole expérimental. Le professeur Cheng eut l'idée d'appliquer à ces courants la technique de cryptoscopie magnétique conçue à Melbourne par le Prix Nobel Douglas Hartmann. L'objectif était de tenter d'obtenir un équivalent graphique des impulsions transmises. En clair, il s'agissait de tenter de « voir » ce qui se formait, à ce moment, dans le cerveau congelé de la crevette.

Les résultats dépassèrent, il faut le reconnaître, tout ce qu'on pouvait imaginer. Sur les écrans, en effet, apparut distinctement un triangle, parfaitement équilatéral et absolument distinct. La chose parut d'abord si incroyable qu'on fit vérifier les appareils, recalculer les paramètres, recommencer l'ensemble du processus. Le même phénomène se reproduisit au cours des 22 séries consécutives d'observations menées à l'Hôpital général n° 2.

Dans l'état actuel des informations, que s'apprêtent à vérifier des spécialistes du monde entier, trois remarques s'imposent :

1 – Si les résultats sont confirmés, il serait établi que des crevettes cuites et congelées conservent une activité cérébrale (des observations parallèles menées avec d'autres espèces n'ont donné lieu à aucun résultat équivalent).

2 – Cette activité cérébrale, une fois transformée pour devenir visualisable, fait apparaître une figure triangulaire.

3 – Aucune hypothèse, dans l'état présent de la recherche, ne paraît en mesure d'expliquer à quoi peut correspondre cette forme triangulaire.

17

Boulanger-prophète

Le développement des métiers doubles l'avait incité à se lancer. De plus en plus, en effet, on voyait s'ouvrir et prospérer des commerces réunissant des activités autrefois séparées. Depuis la première charcuterie-joaillerie, on avait remarqué des couturiers-papetiers, fromagistes-ébénistes ou quincailliers-primeurs. Certains avaient tenté, avec un succès croissant, les pompes funèbres-bars à vins et les dispensaires-électroménagers. On avait cru d'abord à une mode vouée à disparaître rapidement. Au contraire, un fait de société s'était affirmé.

Dès que le jeune Amadeo Barbarossa eut en poche son diplôme de boulanger, il eut ainsi l'idée de créer, dans une ruelle discrète de Rocamadour, la première échoppe de boulanger-prophète. Étant donné la nouveauté, il ne savait trop comment s'y prendre. La boulangerie ne lui posait pas vraiment de problèmes. Il avait appris à maîtriser les tours de main, les levains, les cuissons. Les prophéties, en revanche, lui faisaient souci. Comment les présenter ? De quelle façon les diffuser ? Les vendre était exclu. Il fallait trouver une manière de les faire connaître.

Amadeo eut l'idée d'une petite annonce, comme on en trouve dans la plupart des boulangeries. Le jour où il ouvrit sa modeste boutique, dans le parfum des croissants tièdes, des brioches, des bâtards et des baguettes, on remarquait à peine, fixé à la glace du fond, derrière la caisse, par un ruban adhésif, un morceau de papier quadrillé, découpé dans un cahier d'école, garni d'une inscription maladroite, au stylo à bille bleu.

Ceux qui avaient de bons yeux pouvaient lire, en tendant le cou, la formule suivante : « Madame, Monsieur, la fin du monde aura lieu mardi 28 vers 17 h 30. Je me tiens à votre disposition pour vous indiquer les instructions à suivre. Amadeo, votre prophète (et boulanger). »

Le premier jour, aucun des clients ne prit la peine de lire. Tous étaient occupés à observer les miches, les fougasses, les premiers pastis – un gâteau de la région – du nouveau boulanger. Le lendemain seulement, l'instituteur remarqua le papier, lut, et rit de bon cœur. Il en parla le soir, au café du coin.

En quelques heures, l'affaire fit le tour du village. Alors, comme ça, dans trois semaines, tout est fini ? On en fit un sujet de plaisanterie (« verse-moi un verre, c'est bientôt la fin ! »). Personne, malgré tout, n'en souffla mot à Amadeo.

Le 29 au matin, il y eut dans la boutique quelques regards ironiques ou goguenards. Amadeo avait simplement barré la date et ajouté au-dessus « mercredi 22 ». C'était pour le mois suivant. Sous sa signature, il avait indiqué : « Cette fois, c'est sûr ! En cas de doute, n'hésitez pas à me demander des explications. »

De deux choses l'une, se disait-on le soir au bistro : ou bien c'est un comique, ou bien il est détraqué. Chacun donnait son avis. Quelques-uns soutenaient que, du moment qu'il faisait du bon pain, et tout le monde était d'avis que le pain d'Amadeo était bon, il pouvait bien dire ce qu'il voulait. Toutefois, l'instituteur avait conclu qu'il y avait un problème : si le monde finissait le 22, le boulanger n'allait pas mettre de levain en route pour le 23. C'en était fini du bon pain !

Bientôt, dans toute la région, on ne parla plus que du boulanger de Rocamadour. Les actualités régionales, ensuite les radios et télévisions européennes, s'emparèrent du sujet. Amadeo, bon boulanger, ne voulait pas passer pour un prophète médiocre. Il résolut d'expliquer sa première erreur, de préciser pourquoi, indiscutablement, la nouvelle date était la bonne.

Sur le miroir derrière la caisse, les justifications commencèrent à prendre plus de place. Amadeo voulait convaincre que le Créateur s'exprimait par sa bouche et que le village devait être informé, ainsi que tous ceux susceptibles d'entendre la nouvelle. Il citait abondamment le Maharal de Prague, et Spinoza, et Che Guevara, et Chou En-lai, d'une façon qui paraissait confuse.

Face à l'incrédulité persistante des habitants de Rocamadour, le boulanger-prophète ne voulait pas baisser les bras. Il s'efforça au contraire de justifier son appel, multiplia les textes, les affiches, les panonceaux. Les murs de la minuscule boutique furent remplis.

Le grand jour arriva. Il ne se passa rien de spécial. Le monde continua, comme d'habitude, semblable à ce qu'il était auparavant et à ce qu'il avait toujours été. Amadeo parut électrisé par cette nouvelle défaite. Il n'y voyait qu'une péripétie, une ruse de l'Antéchrist, qu'il avait su démasquer.

Il possédait une nouvelle date, qui cette fois était la bonne, et des explications de cet échec, et des preuves de la légitimité de la nouvelle échéance. Il multiplia interviews, déclarations, tracts. Peu de temps restait pour la boulange. Au bout de quelques semaines, la petite boutique au fond d'une ruelle de Rocamadour était couverte de banderoles, de proclamations, de justificatifs de toutes sortes. On n'y trouvait plus que deux ou trois quignons de pain, déjà anciens. C'était un déséquilibré. Pour l'empêcher de nuire, la municipalité prendrait des mesures drastiques.

18

Naissance d'un héros

Je ne veux pas me vanter, mais je crois pouvoir dire que les lignes qui suivent seront exceptionnelles. D'habitude, en effet, on ne sait pas d'où viennent les héros. Vous avez remarqué, comme moi : ils surgissent tout à coup, sans qu'on sache d'où, ni comment ni pourquoi. J'ai décidé de vous faire assister à la naissance de l'un d'entre eux.

D'où vient-il ? Du dernier mot de la page précédente : « drastiques ». Voilà un mot pour héros, et même un excellent lieu de naissance.

Commençons par ce que signifie ce terme. C'est simplissime, presque trop. Le verbe *drô*, en grec ancien, signifie « agir ». *Drastikos*, participe du même verbe, signifie « actif », « efficace ». Un remède drastique, c'est un remède efficace. Des mesures drastiques, après que le terme a fait un détour par l'anglais, sont exigeantes, radicales, sévères.

Voilà le portrait d'un héros. Quel héros serait inactif ? Inefficace ? Sans exigence ? Un pas de plus : ce héros n'existera qu'en agissant, il sera acte pur, efficacité totale, radicalité absolue, sévérité maximale. Ce sera un super-héros, un super-justicier, supérieurement super. Encore un pas, nous avons son nom : « Drastik » !

Voilà, Drastik est parmi nous. Avec un « k » pour faire plus moderne, plus gotik, plus estétik. On se souviendra, à l'occasion, que Drastik est un héros élénik et filosofik.

Comment va-t-on l'habiller ? En super-héros passe-partout : combinaison bleue moulante, cape rouge flottant au vent, culotte ajustée avec ceinture assortie et des bottines. Sur la poitrine, un cercle rouge avec au centre un triangle jaune, comme un delta majuscule, delta pour « Drastik ».

Espérons qu'il sera digne de son nom, de son costume, de son statut de super-héros avec de super-pouvoirs. Espérons qu'il saura s'en servir, avec parcimonie mais à bon escient, comme on dit. Je l'espère, mais je n'en sais pas plus que vous, pour l'instant. En fait, pour dire vrai, ce n'est encore qu'un nom, un nom d'acte plutôt qu'un personnage effectif.

Pour qu'il s'anime un peu plus, il est possible d'indiquer qu'il se faufilera toujours entre ce qui est et ce qui n'est pas. Entre l'être et le non-être, un couloir pour Drastik ! Comme diraient quelques logiciens bouddhistes « il n'y a ni pomme ni non-pomme, c'est pourquoi on parle de pomme drastique ».

Il faut encore souligner qu'en raison de son origine élénik, notre nouveau héros pourra connaître toutes sortes d'aventures avec préfixes. Des tribulations anadrastiques le feront tomber en enfance, des exploits épidrastiques le tiendront au-dessus de lui-même, des adversaires paradrastiques contreront ses visées, quoique sans succès, on s'en doute. Les amateurs classeront les épisodes de ses aventures selon des catégories adaptées : péridrastiques, antidrastiques, catadrastiques, pandrastiques, adrastiques, hyperdrastiques ou hypodrastiques, monodrastiques ou polydrastiques, etc.

Tout ça ne dit pas ce qu'il va faire, cela va de soi. Sauf que ce sera drastique ou ne sera pas. Chaque chose en son temps. *Roma non fu fata...* Pour l'heure, nous avons un héros. Il a un nom et un beau costume. Et nous savons d'où il vient. De quoi se plaint-on ?

19

Gel à fixer le temps

Arcimboldo Bacigalupo avait un frère jumeau, qui, lui aussi, se prénommait Arcimboldo. Pour éviter qu'on ne les confonde, ce qui aurait pu se produire, on prit l'habitude de nommer ce jumeau « Bapo ». Garçon réservé, plutôt timide, rêveur, tout le contraire de son frère, expansif et séducteur.

Le passe-temps favori de Bapo, qui finit par assurer son ascension et sa perte, était d'expérimenter des substances nouvelles. Il ne cessait de créer des mixtures imprévues, pourvues de propriétés que l'on croyait réservées aux rêves. Quand il ouvrait les tubes, pots de crème et boîtes à onguent de sa fabrication, on avait le sentiment, parfois presque inquiétant, de se trouver transporté dans un monde pour lequel on manquait de repères.

Après des commencements encore puérils, où il confectionna des crèmes pour rendre les éléphants roses, des lotions capillaires pour chauves-souris, des soins hydratants rapides pour mille-pattes, du gaz lacrymogène pour crocodiles, Bapo, en grandissant, s'attaqua à des projets moins frivoles.

Il rencontra son premier succès commercial avec l'arc-en-ciel à vaporiser. Le produit permettait d'avoir chez soi, en un clin d'œil, dans la chambre, le salon ou même la salle de bains, un arc-en-ciel domestique, de petite taille mais du plus bel effet. Il pouvait durer quatre ou cinq jours, six dans des conditions exceptionnelles. Si on s'en lassait, un coup d'éponge suffisait.

Le produit n'était pas toxique. Il était bon marché, aisé à fabriquer et de stockage facile. En six mois seulement, la notoriété et la fortune du jeune génie furent assurées. Il avait juste seize ans, et un bel avenir.

Pendant quelque temps, les inventions alimentaires l'amusèrent grandement. On lui doit notamment la paella en tube, les huîtres déshydratées et les fameux inverseurs de goûts. Mais il s'en lassa vite, comme il s'était désintéressé des couleurs locales, de la pâte à rêver et des boîtes de sentiments assortis.

Ce qui le passionnait, c'étaient les cosmétiques. Depuis qu'il avait découvert la recette du cheveu synthétique instantané, il ne cessait de vouloir révolutionner le monde, minuscule mais essentiel, des antirides et des produits régénérants.

Bapo avait tout de suite compris que le problème n'était pas les rides, mais le temps. Au lieu de s'épuiser, comme tous les autres, à trouver de nouveaux moyens de combler les rides, de les lisser, de les estomper ou les effacer, il chercha comment ralentir le temps.

Son raisonnement était le suivant : s'il est vrai que le temps immobile, parfaitement fixé, est identique à la mort et à l'éternité, il faut chercher comment s'approcher au plus près de cette situation sans toutefois y parvenir tout à fait. Aller vers la mort, mais ne pas l'atteindre. Ralentir, non s'immobiliser.

Il eut l'idée, pour y arriver, de détourner quelques ingrédients du parfum ultime mis au point par son jumeau. Bapo pilonna donc soigneusement, dans un mortier de grès, de l'ail des guerres, du bois de hêtre et un peu d'eau de l'étang. Il ajouta dans le récipient quelques neurones de cerveau de crevette, sur la recommandation d'un correspondant chinois, consultant à Shanghai. L'inventeur compléta le tout avec un excipient en quantité suffisante, et malaxa derechef, jusqu'à obtention d'une pâte onctueuse.

Au cours des premiers essais, il eut des surprises. Son gel à fixer le temps possédait un rayon d'action plus étendu que prévu. Il ne se contentait pas de ralentir les effets du temps *sur* la personne l'ayant appliqué sur son visage ou son corps. Le gel agissait également, par un effet de halo, sur l'écoulement du temps *aux alentours* de l'utilisateur. On s'en rendit compte très vite, en raison des accidents.

La première semaine, on dénombra plusieurs centaines de morts liées à l'utilisation du gel. Une trapéziste avait utilisé le produit sur le contour des yeux. Elle rata les bras de son partenaire, arrivé trop tard pour la rattraper. Une voiture transportant plusieurs personnes âgées se trouva bloquée sur la voix ferrée, après un dysfonctionnement du passage à niveau. Un avion dont les hôtesses venaient de se partager un tube de gel pour le tester arriva plus tard que prévu dans son couloir aérien et percuta un long-courrier. Les deux appareils, avec respectivement 47 et 146 personnes à bord, explosèrent à haute altitude. Il n'y eut aucun survivant.

Quand Arcimboldo comprit les conséquences de sa découverte, il se réfugia sous une fausse identité en Chine, après avoir considérablement rajeuni, sans doute sous l'effet du gel. Grâce à la complicité d'un réseau d'amis et au soutien officieux du Parti communiste, il put poursuivre ses expériences, dans la région de Shanghai, sans être le moins du monde inquiété. Certains affirment qu'il aurait contribué à la création d'un réseau dénommé « Che Guevara » en Corée du Nord. D'autres prétendent qu'il aurait entamé des recherches prohibées, et se ferait appeler désormais professeur Nguyen Cheng. Il n'existe, à ce jour, aucune preuve de la véracité de ces allégations.

20

Metteur en scène

Il n'est pas exagéré de dire que la carrière de Helmut Rapido avait été fulgurante. En quelques années, il était passé de la salle de montage d'une petite agence de documentaires aux plus grandes scènes mondiales. Depuis qu'il s'était fait metteur en scène, chacun de ses spectacles déclenchait l'enthousiasme autant que la polémique. Les critiques s'invectivaient à son propos. Le public était divisé. Partout s'opposaient ses détracteurs et ses partisans.

Rapido ne s'intéressait qu'aux grands titres du répertoire, dans tous les genres, de l'opéra à la tragédie, et dans toutes les cultures, du Japon à la Grande-Bretagne, de l'Inde à la France, de l'Allemagne à la Chine. Il s'employait à transporter chacune de ces œuvres dans des contextes sans rapport avec leur cadre historique d'origine.

Sans doute n'avait-il pas inventé cette manière. Mais il avait su, indiscutablement, la porter à son point de perfection. Ainsi avait-il monté *Le Cid* dans une aciérie désaffectée en Corée du Sud, *Parsifal* dans un camp de réfugiés au Mozambique, *Antigone* dans un fast-food de La Paz, *Sacountâla* dans un sex-shop de Denver, pour ne mentionner que des mises en scène de sa première période – celle qu'on nomme aujourd'hui « sage ».

Car il n'en est pas resté là. Après quelques tentatives en milieu clos, comme *Woyzeck* dans un sous-marin en plongée, *Le Songe d'une nuit d'été* dans un magasin de pompes funèbres, du théâtre nô dans un abattoir de bœufs en Ukraine, Helmut Rapido développa le « style sale ». Il n'y eut plus aucune de ses mises en scène qui ne comportât une scène de mutilation, des excréments répandus un peu partout, des tortures, de multiples violences, réelles ou simulées.

Là encore, il n'avait fait que s'emparer de l'air du temps. Mais, là aussi, il avait su le porter à un sommet. On se souviendra longtemps de *Britannicus* à mobylette dans le purin, de la tronçonneuse sanglante dans *Iphigénie* et des bubons purulents de *Don Giovanni*. Comme prévu, les uns criaient au massacre, les autres au génie. Le nom seul de Helmut Rapido semait la discorde d'un bout à l'autre de la planète.

Lui n'était pas satisfait. Il ne lui suffisait plus d'affubler les acteurs de costumes déchirés, de faire asseoir les spectateurs au milieu d'immondices et d'odeurs nauséabondes. Il était presque las des lumières ternes et glauques, des musiques stridentes et des répliques inaudibles. Il avait beau déplacer, transposer, décrypter, le texte de l'œuvre était toujours là, les spectateurs aussi, le théâtre de même. Tout ce vieil attirail subsistait. Il eut donc l'idée de s'en défaire enfin. Ou du moins d'essayer.

Dans une conserverie de poissons finlandaise, Rapido prépara en secret une unique représentation d'*Hamlet*. La première particularité était qu'il n'y avait plus sur scène – la scène était un tapis roulant pour crevettes décortiquées – que Rosenkranz et Guildenstern, entièrement nus et couverts de peinture fluorescente. Le texte était réduit à deux répliques, qu'ils hurlaient à tour de rôle. Rien que du banal.

La vraie nouveauté était l'absence de spectateurs dans la salle. Ils devaient faire le tour de l'usine, dans un froid glacial, avec des écouteurs de mauvaise qualité qui leur retransmettaient ce qui se passait au-dedans, quand se brouillaient les images de petits écrans qu'ils portaient à bout de bras.

Cette innovation était liée à une autre, plus inattendue. Plusieurs tireurs étaient répartis dans les combles, sur les passerelles métalliques au-dessus du tapis roulant, et tiraient à balles réelles, entre les répliques, sur Rosenkranz et Guildenstern. Les gens tremblaient à chaque détonation en faisant le tour de l'usine avec leurs mauvais écouteurs et leur petit écran. La pièce était retransmise en direct sur plusieurs chaînes de télévision.

Un appel anonyme suggéra à Drastik, le super-héros, d'allumer son poste. Quand il vit la situation, Drastik partit aussitôt, comme l'éclair, pour sauver la vie de Rosenkranz et Guildenstern et mettre un terme à cette mise en scène macabre.

Quand le super-héros arriva dans le théâtre, les deux acteurs, tête-bêche, se livraient à des dépravations visibles au milieu des balles sifflant à leurs oreilles. Drastik mit rapidement hors d'état de nuire plusieurs tireurs disséminés dans le théâtre et sauta sur la scène pour délivrer les acteurs.

Ceux-ci commencèrent à protester, abreuvant leur supposé bienfaiteur de toutes les injures qu'ils connaissaient. Le public envahit la salle, hurlant à la destruction de la créativité et à la censure. De puissants jets d'eau balayèrent alors la scène, semant la confusion dans l'ensemble du théâtre. Le héros était trempé et transi, cheveux plaqués, cape humide, body ruisselant devenu plus ou moins transparent.

Des cintres descendit un fin rideau qui n'estompa qu'à peine les contours de la scène.

On pouvait y lire, écrit à la main, en lettres gigantesques :

Helmut Rapido vous a présenté
Hamlet Reloaded
avec la participation exceptionnelle de
Drastik.

Après quelques secondes de silence de stupeur, le public se mit à applaudir à tout rompre. L'ovation dura plusieurs minutes.

21

Un mouvement dans le sable

Ceux qui avaient su cette langue depuis longtemps étaient partis. Ceux qui avaient encore pris soin, après eux, des feuilles et des rouleaux qu'ils ne savaient plus déchiffrer, étaient morts à leur tour. Le temps long était venu, où les papyri à l'abandon se nécrosaient lentement, de manière inexorable.

Après quelques siècles, tous s'étaient effondrés, dissous, transformés en une fine poussière grise où nul n'aurait pu discerner quoi que ce soit. Le règne, à nouveau, de l'illisible, obscur et souverain, s'était établi en ce lieu, où qu'on se fût tourné.

Il n'y avait qu'une exception. Infime, mais miraculeuse. Un long poème, calligraphié avec minutie sur une série de feuilles plates, posées côte à côte, s'était conservé, au terme d'une suite de hasards successifs que personne n'aurait pu seulement imaginer. L'encre provenait sans doute d'une fabrique différente des autres. La texture du support était certainement d'une nature particulière. Le fait que les feuilles fussent disposées côte à côte sur le sol, dans un coin de la pièce, n'était pas sans conséquence.

Sous les feuilles, en effet, une mince couche de sable, ou de cendres claires – peut-être la décomposition d'une nappe, ou d'une quelconque natte –, avait retenu les traces.

La situation était finalement des plus extraordinaires. Dans ce palais sans âge, à l'abandon depuis des siècles, au beau milieu de ces textes dissous, rongés, à jamais anéantis, subsistait ce long poème, comme un pur jeu de traces.

Au fil du temps, les feuilles où il était inscrit avaient fini par disparaître, comme les autres. Tout ce qui subsistait, à la surface des grains de sable ou de cendre du dessous, était de fins amas d'encre, déposés sur cette nouvelle surface presque inexistante. Le texte, ce qui n'était pas le moins extraordinaire, semblait être demeuré parfaitement net. On distinguait le contour de chaque lettre. Pour qui en eût connu la langue, ce poème était entièrement conservé, bien qu'en un sens il eût été comme sans support.

Quand la mission du Bureau des archéologues pénétra dans le bâtiment, elle ignorait tout de cette situation. La malchance voulut que le petit corps expéditionnaire pénétrât dans la salle par le côté, précisément, où le poème était au sol. Il fut abondamment piétiné. Un fort courant d'air, provoqué par l'ouverture simultanée des portes et fenêtres, dispersa les rares fragments restants. Il n'en reste rien.

22

Peur du jour

« *Comment cela a commencé ?*

— Il n'y a jamais eu de commencement. J'ai toujours été ainsi. Je n'ai pas le moindre souvenir d'une situation différente. Aussi loin que j'aille dans ma mémoire, j'ai éprouvé ce malaise dès qu'il fait jour.

— *Tentez de le décrire.*

— Il prend des formes diverses, intenses, angoissantes, bénignes, parfois comiques. L'impression générale, c'est que la lumière du jour est une perturbation. Un trouble, une anomalie plus ou moins inquiétante. La norme, à mes yeux, c'est la nuit, la pénombre, l'obscurité. Rien n'est plus doux et plus rassurant que le noir. Contrairement à ce qu'on dit habituellement, les ténèbres évoquent pour moi l'espoir, l'éveil, la joie.

— *Vous attendez que la nuit vienne ?*

— Dès que le jour se lève. Chaque aube est une défaite. Je sais que la situation finira par se retourner. À la fin, la nuit revient. L'affreuse violence de la lumière s'estompe, la déchirure s'apaise. Mais c'est long, difficile à endurer. Certains matins, j'ai l'impression que la nuit ne reviendra jamais. Si la lumière durait indéfiniment, ce serait insupportable. J'en mourrais.

— *Et si la nuit durait toujours ?*

— Ce serait très différent. Peut-être difficile à vivre, à la longue, mais pas insurmontable comme le jour perpétuel. Remarquez, il faut bien un peu de jour, de temps à autre, pour qu'il y ait de la nuit, pour que cela ait un sens, pour qu'on en attende le retour. La nuit permanente, ce ne serait plus la nuit, ce serait autre chose, je ne sais pas quoi, d'ailleurs, quelque chose que nous ne connaissons pas. Il n'y a qu'eux qui savent de quoi il s'agit. Je pense que c'est pour cela qu'ils m'ont embauché.

— *Qui vous a embauché ?*

— Embauché ? Personne. Je ne vois pas ce que vous voulez dire. Qui a parlé d'embaucher ? Je vous parlais de l'hiver. Ce que j'aime le mieux, finalement, ce sont les jours de décembre, quand la lumière dure seulement quelques heures, faible, assourdie, embrumée, presque grise. L'idéal, alors, est de se lever tard, vers l'heure du déjeuner, ou même en début d'après-midi. Avec un peu d'habileté, il est possible de réduire la journée à une heure ou deux, enveloppées de terne. Aussitôt, on replonge dans la nuit pour un long moment. C'est délicieux.

— *Et l'été ?*

— Les nuits sont tièdes, parfois, à tel point qu'on se croirait dans un rêve. N'allez pas croire, cela dit, que je déteste le soleil. Les lumières très intenses me ravissent. Ce n'est pas leur éclat que je crains, mais leur durée. C'est tout à fait différent.

— *Pouvez-vous préciser ?*

— C'est d'une évidence extrême, mais j'ai appris qu'elle est partagée par peu de gens. Il faut toujours expliquer. Donc, il n'y a aucun problème avec l'éclat du soleil, même sous les cieux les plus ardents. À condition que cette lumière, aussi crue, aussi puissante qu'on l'imagine, ne dure pas. Le malaise vient de ce que la lumière dure, comprenez-vous ? Même une lumière d'hiver – jour de brume, ciel sombre – est insupportable si elle s'installe dans la durée, si on commence à penser qu'elle va persister, insister, se prolonger.

— *Quand l'éclat décline, c'est rassurant ?*

— Toujours, immédiatement. Les moments où la lumière est blessée sont rassérénants.

— *Blessée, vous voulez dire ?*

— L'instant où l'éclat décline, comme atteint au cœur. Bien avant le crépuscule, il existe un point où la lumière bascule. Les gens comme moi le repèrent sans chercher. De même, vers la fin août, en Europe, la lumière est blessée. Elle ne se remettra pas de cette dévastation intérieure, d'abord à peine perceptible.

— *Vous pensez que beaucoup de gens sont comme vous ?*

— Non, mais quelques-uns, certainement. Au fil du temps, je me suis rendu compte que nous formions une assez curieuse confrérie. D'ailleurs j'ai même remarqué que... non, excusez-moi, ce sont des détails hors de propos.

— *Continuez.*

— Cela risquerait de vous paraître incongru.

— *Je suis seul juge de ce que je trouve incongru ou non.*

— Eh bien, voilà : parmi les rares personnes, qui, comme moi, ont cette attirance permanente pour l'obscurité et les ténèbres, j'ai remarqué d'autres traits, plus inhabituels, mais qui se rencontrent également chez tous.

— *Par exemple ?*

— Eh bien, un intérêt pour ce que Spinoza aurait pu faire à Prague au cours de sa sixième année, par exemple.

— *Et pour les timbres-poste ? Les neurones de crevettes ? Les filles de Chou En-lai ? Che Guevara en Finlande ?*

— Évidemment ! Et aussi Drastik, et le hêtre de l'étang. Là, vous m'impressionnez. C'est plus curieux que je ne le pensais. Qui êtes-vous au juste ? »

23

Nouveau marché

Des militants tentaient de bloquer les portes du magasin. Leurs arguments étaient simples : le clonage humain devait rester une affaire exceptionnelle, relevant d'une décision privée. L'ouverture de cet hypermarché, premier grand centre de la nouvelle chaîne HCC (*Human Cloning Corporation*) constituait, à leurs yeux, un crime contre l'humanité.

La direction de HCC soulignait la parfaite légalité de son entreprise. Puisque le clonage humain était autorisé, puisqu'on pouvait reproduire des organismes complets et les commercialiser, il n'existait aucun motif valable pour que la grande distribution fût tenue à l'écart. D'autant que les avancées techniques récentes (duplication, conservation, revitalisation) permettaient un stockage et une mise en rayon beaucoup plus rapides et plus attractifs.

Désormais, les clones étaient conditionnés

sous des emballages plastiques opaques mais très légers. La déshydratation avait permis de diviser le poids moyen des organismes par dix. Une femme de taille moyenne, aux formes généreuses, ne pesait plus que cinq ou six kilos, emballage inclus. Pour un homme musclé et de belle carrure, il fallait à peine plus.

Voir le produit rassurait les consommateurs. La conservation exigeait toujours un emballage rigoureusement opacifié, mais les nouveaux films plastiques à cristaux liquides permettaient d'inclure, dans la feuille protectrice elle-même, une vidéo permanente du clone en mouvement. L'acheteur pouvait donc voir ce qu'il achetait, de face, de profil, de dos, en mouvement, plus ou moins habillé, souriant ou grave, dans différentes postures, banales ou insolites.

La rapidité de la mise en œuvre était également un atout majeur : il ne fallait plus que trois ou quatre heures, une prise de courant et une connexion Internet pour que le clone entre en fonction. La réhydratation était assurée, sous le contrôle d'un programme intégré dans l'emballage, par un mélange de sérum physiologique, de glycérine et d'oligo-éléments. L'addition récente de catalyseurs spécifiques (bisulfate de monade, monochlorure d'entéléchie) avait permis une appréciable accélération.

Faute d'expérience, on ne savait pas avec précision quels seraient les choix des consommateurs ni l'évolution des tendances dans la durée. Toutefois, les panels effectués, ainsi que plusieurs sondages convergents, permettaient de prévoir les premiers stocks avec une fiabilité jugée suffisante.

La grande majorité des consommateurs souhaitaient acheter des clones pour entretenir leur maison, assurer les tâches domestiques, accomplir de menus travaux. On privilégiait en ce cas les modèles dits « à phénotype neutre », capables de se fondre harmonieusement dans l'environnement. Les qualités de soumission, de ponctualité, de fiabilité étaient les plus appréciées, la faible consommation ne venant qu'au deuxième rang.

Une forte demande – probablement sous-estimée – s'exprimait également pour l'utilisation des clones à des fins de satisfaction personnelle. À côté de profils très spécialisés (joueurs d'échecs, philatélistes, experts en orchidées, etc.), relativement peu représentés, la plus vive attente concernait les usages sexuels des clones.

C'est pourquoi on trouvait en rayon, par exemple, des lolitas et des stars du porno, des blondes nymphomanes et des modèles correspondant, suivant les études de marché préalables, à toutes les particularités souhaitables, notamment en termes de couleur, de corpulence et de signes secondaires. Des produits comparables avaient été prévus dans les clones de sexe masculin, bien qu'en nombre moindre.

Un segment beaucoup plus restreint était occupé par les clones dits « exotiques », soit en raison de leur phénotype (pygmées, eskimos, super-héros) soit en fonction de leurs capacités particulières (tueurs, philosophes, tireurs à l'arc, cuisiniers, etc.).

Finalement, dans l'esprit des dirigeants de HCC, qui tablaient sur une forte croissance du marché dès les premiers mois, l'inquiétude ne venait pas de quelques manifestants qui protestaient encore, presque pour la forme, à quelques jours de l'ouverture du premier magasin de la chaîne, présente bientôt sans doute dans le monde entier.

C'était plutôt l'attitude des consommateurs qui les préoccupait. Puisqu'il était désormais établi officiellement que les clones, malgré leur apparence, ne devaient pas être considérés comme des êtres humains, mais comme de simples organismes transitoires, des abus étaient à craindre.

C'est pourquoi le service marketing décida de faire figurer en bonne place, sur tous les emballages, l'étiquette suivante, imprimée en lettres violettes sur fond jaune vif :

Nous vous souhaitons d'agréables moments en compagnie de votre nouveau clone.

HCC vous remercie de votre confiance et vous rappelle quelques règles de base :

1 – Votre clone n'est pas considéré comme un être humain du point de vue juridique.

2 – Vous pouvez l'utiliser comme bon vous semble, et le mettre définitivement hors fonction si vous le souhaitez.

3 – Toutefois, étant donné sa ressemblance parfaite avec un être humain, nous vous recommandons vivement d'éviter de :

– le laisser sans nourriture ou sans soin,

– le faire souffrir excessivement,

– le manger,

– le jeter à la poubelle après usage (appeler HCC, nous nous chargeons de l'enlèvement et du recyclage).

Conformément aux recommandations du Service Mondial de Sécurité, nous vous rappelons qu'il est déconseillé de nourrir un clone avec des crevettes congelées.

24

Le dernier mot

Quand Fernando Barbarossa finit par s'approcher du campement des Tagupi, il comprit aussitôt que la situation était anormale. Tout était absolument silencieux, alors que l'espace aurait dû résonner des cris des enfants, des rires des femmes, de la parole grave des hommes. Pas une fumée, non plus, ne s'élevait d'entre les huttes.

Un moment, il crut s'être trompé. Il s'était peut-être dirigé vers un campement ancien, datant d'une saison antérieure. Les Tagupi étaient ailleurs. On lui avait mal indiqué la route. Une confusion s'était glissée quelque part. Cependant, en s'approchant, Barbarossa distingua nettement, sur le faîte des huttes, les plumes multicolores indiquant des constructions récentes. Abandonné par les nomades, elles n'auraient eu aucun signe de couleur. Le silence était incompréhensible.

Jamais il ne pouvait arriver que tous les Tagupi quittassent le camp. Dans toutes les circonstances, il restait toujours quelques vieilles femmes, des enfants ou des malades. Quelque chose s'était produit. Quelque chose de grave, peut-être de catastrophique. L'angoisse submergea Fernando Barbarossa. Il n'avait pas éprouvé depuis longtemps ce malaise qu'il reconnaissait au premier signe : léger vertige, estomac noué, tempes dans un étau.

D'un pas mécanique, il se dirigea vers l'arbre creux où vivait le vieil homme censé tout savoir, l'axe du monde tagupi, le cœur de cette civilisation dont seules quelques feuilles, à présent, assuraient la survie précaire.

Le linguiste sentait son cœur battre à grands coups. Des souvenirs revenaient avec une netteté coupante. Il voyait le sang des initiations, discernait la couleur des flammes, les visages des uns, le dos des autres. Plus loin, en pleine gorge, l'odeur âcre des femmes. Tout était pourtant désert, et silencieux.

Il craignait ce qu'il allait découvrir à l'intérieur de l'arbre creux. En apparence, rien n'avait changé. Mais dans ce réduit obscur, humide et tiède, trouverait-il encore l'homme qu'il avait connu autrefois, celui qui lui avait tout appris ?

Avant de pénétrer dans l'arbre, Fernando entendit distinctement une respiration.

Sifflante, irrégulière, mais présente. L'intérieur était sombre, il dut utiliser sa lampe de poche. Le spectacle était effarant.

C'était bien l'homme qu'il avait connu vingt ans plus tôt. Mais squelettique, agité d'un petit tremblement saccadé, les yeux révulsés, la peau couverte de dartres. Des fourmis grouillaient sur certaines de ses plaies. L'odeur était suffocante.

Fernando entreprit de chasser les parasites, commença à laver les plaies, prépara un bol avec un fond d'eau où il dilua un comprimé d'aspirine. Il retourna au-dehors, s'assit au pied de l'arbre et se mit à chanter, à voix basse, un des hymnes tagupi qu'il avait appris autrefois auprès de l'homme de l'arbre creux. Il choisit le plus long, le plus ancien et le plus étrange, parlant du jour où tout le monde allait disparaître, même l'homme qui dirait le dernier mot.

Son chant, monotone, se prolongea plusieurs heures. Il n'était pas certain de se souvenir de tout, mais quelle importance ? Quand il eut fini, la nuit était tombée depuis longtemps. À l'instant où il s'endormait, un cri se fit entendre. Le vieil Indien s'éveillait. Il reconnut tout de suite Fernando, et, malgré l'épuisement et la fièvre, esquissa la salutation la plus cérémonieuse, celle des grandes occasions, en se tapotant le nez et les oreilles. Puis il retomba dans une profonde hébétude.

Le lendemain, à la fin du jour, il expliqua, en phrases courtes et saccadées, que tout le monde était parti. Des étrangers étaient venus, des Blancs. Des gens de Rome, et de Palerme. Ils étaient restés. Et puis était venue la maladie blanche. Une maladie que jamais les Tagupi n'avaient connue. Qu'ils ne savaient pas soigner, ni nommer, ni endurer. Un à un, ils étaient partis dans la forêt pour mourir, selon la coutume. Les Blancs aussi étaient partis. Lui était resté. Lui devait mourir dans l'arbre, sinon la fin du monde allait commencer.

En l'écoutant, Fernando Barbarossa ne put s'empêcher de penser à son frère, le boulanger qui se croyait prophète, avec ses histoires de fin du monde. Qu'était-il donc devenu, celui-là ? Plus de nouvelles depuis pas mal de temps déjà. Il pensait aussi, éprouvant un bizarre mélange de tristesse et de soulagement, qu'avec cet homme la langue tagupi allait s'éteindre, définitivement.

Ce vieillard à l'agonie était le dernier à parler le tagupi. Peut-être ne passerait-il pas la nuit. Après lui, ce ne sera qu'une langue morte, à peu près inaccessible, connue seulement par les travaux de Fernando Barbarossa. Une tâche s'imposait : recueillir le dernier mot prononcé par le vieil homme – l'ultime parole du dernier locuteur !

Barbarossa, toute la nuit, ne lâcha pas la main décharnée du vieil Indien. Il lui humectait les lèvres, de temps à autre, avec un peu d'eau dans laquelle il avait dilué de l'aspirine. Sachant que le temps était compté, il s'efforçait de multiplier les attentions, murmurant les chants dont il se souvenait, répétant à voix basse le nom des dieux, des femmes, des lieux encore disponibles dans sa mémoire.

La respiration du vieil Indien se fit soudain plus rapide. Ses jambes s'agitèrent. Il ouvrit des yeux immenses et agita l'air avec ses mains. « Vafang ! » se mit-il à répéter sur un ton de plus en plus aigu. Barbarossa était pris au dépourvu. Avait-il mal entendu ? Il ne voyait pas ce que ça pouvait bien vouloir dire. Était-ce « Bal'hang » qu'il voulait dire ? Mais pourquoi « le jour d'espérance » ? Était-ce « Valong », « le départ des dieux » ? Rien ne convenait.

Le vieil homme se redressa. Il prit une forte inspiration et cria en regardant Fernando droit dans les yeux : « VA-FAN-GU-LO ! » Puis il s'écroula.

25

Des idées neuves

Les pompes funèbres, à la longue, lassent parfois. Jean-Pierre Darbon s'en aperçut, malgré les revenus confortables que lui procurait la *Thanatos Unlimited*. Il plaisantait de plus en plus rarement. De longues heures passaient sans qu'il ait le sentiment d'une activité véritable. Une profonde tristesse s'emparait fréquemment de son âme. Il eut l'impression de commencer à perdre goût à la vie.

Ses amis ne le reconnaissaient plus. Lui naguère boute-en-train, toujours le mot pour rire, aux limites de la vulgarité plus souvent qu'à son tour, n'était plus que l'ombre de lui-même, on pouvait le dire. Avant qu'il ne sombrât tout à fait, il fallait réagir, lui trouver une autre voie.

Maître Grave, le notaire d'Angoulême, suggéra une opportunité. Pourquoi ne pas acheter quelques commerces de farces et attrapes ? C'était un marché captif, une niche sûre. Une petite fabrique était d'ailleurs à vendre dans la région, qui permettait de maîtriser la filière. Ce serait une bonne diversification pour l'entreprise, et une activité plus inventive pour son président.

Darbon fut sensible à l'argument. Il fit étudier la question. Les ventes, dans ce secteur, étaient en chute libre. Et la gamme des articles ne l'enthousiasmait pas vraiment. Bonbons au poivre, fausses taches de vin, coussins péteurs, poil à gratter, cuillère qui fond, araignées artificielles, tous ces classiques ne parvenaient pas à lui ouvrir, réellement, de nouveaux horizons. Il fallait trouver autre chose.

Son coup de génie fut de combiner amusement et utilité. Il avait remarqué que plus personne n'avait de houlette, alors que d'innombrables réunions ou missions se tenaient encore sous la houlette de tel ou tel dirigeant. Il en allait de même pour les égides, qui continuaient à être mentionnées un peu partout, bien qu'on n'en trouvât plus nulle part.

Location de houlettes et d'égides en tous genres et pour toutes occasions. Ce fut le point de départ. S'y joignirent vite quelques férules, qui furent très demandées. À partir de là, il suffisait d'étendre la gamme et de diversifier. Il ajouta notamment des gourmes (à jeter), des petites bêtes (à chercher), des pieds (à prendre), et un superbe modèle de cuillère à pot, disponible, au choix, en deux coups ou en trois coups.

La suite ne fut plus qu'une question de diversification. Il ajouta encore à son catalogue des fagots (pour prendre quelque chose derrière), un pouce (pour manger dessus), ainsi que divers assortiments de produits tels que bon aloi, bonne franquette, bon augure, bon pied bon œil, sans oublier un choix exclusif de belles lurettes.

À sa surprise, le succès fut immédiat. Un bureau de recherches se mit au travail pour assurer la suite. Jean-Pierre allait mieux.

26

Et vous ?

Récapitulons. Vous avez été tenu informé des secrets des philatélistes de l'Alaska, de l'énigme des pêcheurs de crevettes, des manigances de Helmut Rapido, des dernières volontés du baron Hyppolite de Belgat... Vous reconnaissez des filles de Chou En-lai, vous assistez à la naissance de Drastik, vous suivez les tribulations de Fernando Barbarossa, les prophéties de son frère Amadeo, vous apprenez que Bapo est parti en Chine (je sais très bien que vous savez que Bapo est le frère jumeau, et rajeuni, d'Arcimboldo Bacigalupo, dénommé, lui aussi, Arcimboldo Bacigalupo).

Vous conviendrez qu'il n'y a pas grand monde dans ce cas. Sans compter – comment pourrais-je l'oublier ? – que vous avez été, également, mis au courant de la rébellion électronique, de l'exécution de Barnett Newman Jr., de la découverte de Nguyen Cheng sur les cerveaux de crevettes congelées, de l'existence d'un problème Spinoza – Prague – 1638 et de quelques autres événements que je ne vais pas énumérer mais dont je n'ai pas le moindre doute qu'ils aient été portés, eux aussi, à votre connaissance.

Il est impossible de mettre sur le compte du hasard le fait incontestable que vous êtes ainsi averti d'une quantité d'événements improbables – d'aucuns diraient fantastiques.

On ne m'ôtera pas de l'idée qu'il est pratiquement impossible d'être tenu informé de tant d'infimes détails disparates, quoique secrètement reliés les uns aux autres, sans jouer un rôle probablement important, peut-être décisif, dans leur agencement.

Bref, ce n'est pas à moi que vous ferez croire que vous n'y êtes pour rien.

Je tenais à vous le dire, car je n'ai jamais pris personne en traître.

27

Cartes de visite

Les plus hauts responsables de la *Human Cloning Corporation* (HCC) avaient tenu à faire ensemble le déplacement jusqu'à Shanghai. L'enjeu était de taille. Nguyen Cheng, le spécialiste qui avait fait connaître au monde les propriétés fantastiques de certains neurones des cerveaux de crevettes, leur avait adressé un dossier proprement stratégique.

Il affirmait, preuves expérimentales à l'appui, être en mesure d'intégrer une série de neurones de crevettes à des embryons humains. Selon lui, cette opération devrait permettre d'obtenir des clones bien plus performants. Le rapport insistait en particulier sur la puissance de calcul, la capacité de mémoire et la rapidité de réaction de ces clones à venir. Il s'agissait évidemment de produits haut de gamme, destinés à des tâches de décision ou de pilotage intelligent. Mais, si la réalisation correspondait aux critères définis dans ce rapport, la possession de ces nouveaux modèles – et la copropriété des brevets pour les produire – constituaient des avantages décisifs pour le développement de HCC.

La rencontre était prévue au 146e étage de la tour que le *Nguyen Cheng Center for Human Science* venait de faire construire, dans le Nouveau Quartier des Sciences n° 3. La salle, circulaire comme la tour, était entièrement vitrée de tous côtés. Aucune cloison intérieure ne venait arrêter la lumière ni le regard.

La vue était époustouflante. De tous côtés, à perte de vue, immeubles, tours, autoroutes, échangeurs, trains sur des ponts suspendus. Au premier regard, on ne saisissait pas. La singularité du panorama ne se révélait qu'après : toute campagne avait absolument disparu. Aussi loin que portait le regard, ce n'était que la ville.

Au centre de la salle, qui occupait tout l'étage, se tenait Nguyen Cheng, entouré de quelques-uns de ses collaborateurs. Même de loin, il était facile de constater qu'il n'avait de chinois que le nom. Ses longs cheveux blond vénitien, ses yeux bleus, sa haute stature signalaient une origine étrangère. Mais, selon la consigne maintes fois répétée à tous, personne n'avait à commenter cette anomalie.

Les responsables de HCC étaient d'ailleurs accoutumés à ne s'étonner de rien. Leur préoccupation était de savoir si un produit était rentable, pas de le juger, ni même de le comprendre. Ils connaissaient la réputation de Nguyen Cheng, qui passait pour le prochain maître des biotechnologies. Son empire était déjà considérable. Ils souhaitaient s'allier à son expansion.

Salutations, cartes de visite. Selon l'usage, après s'être inclinés, les hôtes tendaient aux invités leur carte professionnelle. Ce fut Samuel Peter Jr., un colosse originaire d'une vieille famille implantée depuis longtemps en Alaska, qui remarqua, le premier, la singularité de ces cartes.

Sous le nom, en plusieurs langues, était inscrite, dans des couleurs fluorescentes, une mention inhabituelle. La carte de Nguyen Cheng indiquait « vraie personne ». Celles de ses plus proches collaborateurs précisaient « individu garanti », ou bien « être humain authentique ». La carte de l'interprète portait l'indication suivante : « Certificat de non-clone n° 641641 ».

« Ce sont des cartes expérimentales », expliqua Nguyen Cheng en anglais, avec un fort accent italien. « Dans quelques années, peut-être quelques mois seulement, elles existeront. Nous prévoyons en effet que le développement intensif du clonage entraînera la nécessité, pour les êtres humains issus de la reproduction ancienne, de se faire connaître. Il leur faudra faire valoir leurs droits, ne pas être confondus avec les clones, qui en sont dépourvus.

Mon analyse, fondée sur une multitude de données dont notre agence détient l'exclusivité, est que cette prochaine étape ne durera pas. Dès que nous aurons mis sur le marché nos modèles Delta, se signaler comme humain sera un désavantage. Être humain signifiera être moins performant, plus émotif, plus lent, plus fragile. Ces inconvénients seront encore accrus par le fait de bénéficier d'une protection juridique exorbitante.

L'étape suivante, dont j'ai pour ma part une image précise, ne peut encore être décrite en détail. Je dirai seulement que, sur les cartes que nous vous avons remises, on lirait "non comestible", "immangeable" ou quelque chose de ce genre.

— Qu'est-ce que vous voulez dire exactement ? demanda Samuel Peter Jr., inquiet.

— Exactement ce que vous avez entendu ! » répondit Nguyen Cheng en riant.

28

Réforme pénale

J'avais été chargé d'un rapport pour le gouvernement. Rien de glorieux : il s'agissait de dresser le bilan, pour un service du ministère de la Justice, d'une réforme sectorielle adoptée depuis dix ans.

À l'origine de cette réforme se trouvaient, comme souvent, de bonnes intentions. Le Comité de défense des droits de l'enfant avait fait remarquer qu'il était choquant que la responsabilité des très jeunes ne soit pas reconnue par les tribunaux. À une époque où les enfants, même ceux de moins de cinq ans, étaient considérés comme des consommateurs à part entière, il n'existait aucune raison valable pour qu'il continuât d'en être ainsi. En fait, il s'agissait d'une véritable discrimination dont les enfants étaient victimes. La loi créait deux catégories de citoyens en maintenant cette distinction entre des adultes et de prétendus enfants qui demeuraient, de fait, irresponsables.

Le Comité avait donc considéré que les enfants étaient victimes d'une injuste discrimination. Leur âge était prétexte à une forme d'exclusion, voire de stigmatisation, contraire au principe de l'égalité de tous devant la loi. Une campagne s'était organisée pour modifier le Code pénal. Le Comité mobilisait de nombreux relais. Plusieurs partis politiques en firent leur cheval de bataille. De gros moyens financiers étaient disponibles, apparemment. D'où un certain retentissement.

Certains dénonçaient le caractère pervers de la législation en vigueur. Sous couvert de protéger les enfants, elle les excluait ! Les arguments de l'innocence, du manque de discernement, de l'insuffisante maturité prétendaient protéger la spécificité des enfants. Il était facile de voir qu'il s'agissait en fait de critères d'infériorisation, directement issus de la domination adulte et de son archaïque supériorité.

Pour mettre fin à cet apartheid (beaucoup n'hésitaient plus à employer le terme), on réforma. Fut adoptée une législation enfin équitable, où les enfants étaient considérés comme des êtres humains à part entière.

On écarta le principe d'une peine d'amende, considérant que les très jeunes, sauf exception, étaient dépourvus de revenus. Les châtiments corporels étant illégaux, les peines de prison furent préférées, en excluant toutefois la perpétuité. On dut aménager des établissements pénitentiaires particuliers afin de faire face à des demandes spécifiques. Si, par exemple, un enfant de trois ans était condamné à cinq ans ferme pour homicide involontaire, il était indispensable qu'il puisse suspendre sa tenue dans un placard adapté à sa petite taille. De même, si un enfant de huit ans venait juste de commencer la flûte et le karaté et prenait dix ans ferme pour vol aggravé et violences sur une personne dépendante, il aurait été dommage qu'il ne pût poursuivre sa formation musicale et son entraînement sportif.

Mon travail consistait à résumer les avantages et inconvénients de la réforme, après dix ans d'application. J'ai passé plusieurs semaines à consulter des chefs d'établissements, des psychologues, des juges, des détenus, des parents. Dans l'ensemble, tout le monde paraissait plutôt satisfait. Il n'y avait pratiquement aucune récidive, et le taux de suicide chez les enfants, bien qu'élevé, demeurait comparable à ce qu'il était auparavant.

J'ai conclu en mettant en lumière certains effets pervers de cette réforme. En effet, l'examen des dossiers révélait que de nombreux parents avaient abusé des facilités offertes par la loi. Pour éviter d'élever leurs enfants, ou de prendre la décision de les abandonner, ils les incitaient à commettre un délit ou un crime et les dénonçaient ensuite à la police. Ils s'en débarrassaient ainsi en les faisant jeter en prison.

Il s'agissait bien là d'une conduite mensongère, et donc répréhensible. Toutefois, il demeurait fort difficile de savoir si les enfants victimes de ce détournement de la loi n'étaient pas, en fin de compte, plus favorisés par le régime pénitentiaire que par la vie qu'ils auraient menée en famille.

Comme prévu, une fois le rapport remis, on me remercia, on me félicita pour sa pertinence, et il fut classé, définitivement. Il semble que des interventions, au plus haut niveau, aient contribué à un classement inhabituellement rapide. Mais ce n'est peut-être qu'une rumeur.

29

Livres la nuit

« *Quand cela a-t-il commencé ?*

— Peut-être il y a deux ans, ou trois, je ne sais pas exactement. En tout cas, c'est devenu de plus en plus fort depuis l'année dernière.

— *Pouvez-vous décrire ce qui se passe ? Je dis bien : décrire. Ne cherchez pas à expliquer. Ne donnez pas, si possible, vos impressions. Essayez de seulement raconter ce qui arrive, avec précision.*

— C'est toujours la même histoire. Je me réveille avec l'idée qu'il s'est passé quelque chose dans ma bibliothèque pendant la nuit. Je me dirige vers les rayons et je sens comme une force qui m'attire vers une étagère en particulier.

— *Vous ressentez toujours cette force ?*

— Oui, absolument.

— *À quoi ressemble-t-elle ?*

— C'est difficile à expliquer. Je sens bien que je ne peux pas résister. C'est comme un aimant, quelque chose qui m'attire, qui me dirige vers un endroit particulier de la bibliothèque. Je n'ai pas le choix.

— *Cette force vous emmène-t-elle toujours au même endroit ?*

— Non, bien sûr que non. Au contraire, c'est chaque fois différent.

— *Ensuite ? Que se passe-t-il ?*

— Quand le rayon est localisé, la même chose se passe pour un livre en particulier sur cette étagère. Une sorte d'aimant m'attire vers un volume. Je le prends et l'ouvre. Et quand je commence à lire, c'est là que ça ne va plus.

— *C'est-à-dire ? Continuez, s'il vous plaît.*

— Eh bien... C'est difficile à dire. Je sais que ça va vous paraître incroyable. Pourtant, je vous assure que c'est vrai. C'est arrivé des centaines de fois.

— *Vous disiez « C'est là que ça ne va plus ». Qu'est-ce qui ne va plus ?*

— Le texte ! Le texte ne va plus. Plus du tout ! Il y a quantité de modifications. Des ajouts, des suppressions, des insertions, des changements typographiques, des bouleversements de la mise en page.

— *Pourriez-vous donner des exemples ?*

— La première fois, c'était Montaigne. Quand j'ai ouvert le volume, il n'y avait plus aucune majuscule. Les fois suivantes, je ne pourrais les énumérer toutes. Dans un Shakespeare, toutes les apostrophes avaient disparu. Dans d'autres cas – Diderot, Sade, Barrès – manquaient tous les accents circonflexes. Mais ce n'était encore rien à côté du reste.

— *Le reste ?*

— Je veux parler de modifications plus profondes. Un jour, par exemple, de nombreuses pages de dialogues figuraient dans la *Critique de la raison pure*, ce qui est inhabituel. Une autre fois, j'ai remarqué que plusieurs traités du Maharal de Prague s'étaient intercalés dans les œuvres complètes de Spinoza. Et encore, ce n'était pas ça le pire !

— *Quel était le pire ?*

— Le jour où j'ai découvert un livre où il n'y avait plus qu'un point final, rond, brillant, luisant.

— *Vous souvenez-vous du titre ?*

— Pas pour l'instant. Si, attendez, je crois que c'était assez curieux. Je veux dire inhabituel.

— *Essayez de retrouver.*

— C'est très vague. Peut-être *Histoire générale des crevettes*. Quelque chose comme ça. »

30

Nouveau menu

Vous vous souvenez du grand restaurant où des générations de gourmets ont patiné les chaises et feutré l'atmosphère. Le retrouver, après tant de temps et d'aventures diverses, avait pour moi, je dois l'avouer, quelque chose de rassurant. J'aime les institutions. Pas les officielles, mais ces maisons vénérables qui traversent les années, portées par l'amour de la perfection, le maintien des choses, indifférentes aux modes, attentives seulement, quel que soit leur domaine, à faire toujours identiquement bien.

À cet amour se mêle une appréhension inévitable, une crainte que le lieu ait changé, que le style se dégrade ou que les produits... bref, que ce ne soit plus ce que c'était, constat terrible de la corrosion des temps – de plus en plus fréquent, coupant.

Je suis donc retourné, malgré le choc ancien de la carte des eaux, le rire sardonique du grand sommelier et la peur de bouleversements plus profonds encore. Vous dire si c'était pour les boiseries, le blanc des nappes ou pour les saveurs anciennes est au-dessus de mes forces. Rien ne se peut dissocier.

Le maître d'hôtel était toujours le même, légèrement voûté désormais, mais cela ne jurait pas avec le décor, inchangé, au contraire. C'est idiot, je sais, mais j'en ai presque eu les larmes aux yeux qu'il se soit souvenu de ma place habituelle, celle où nous avions, aussi, dîné, vous et moi, pour la première fois. Son sourire était las, un peu forcé, presque triste. J'ai pensé que c'était un effet de l'âge. Ou bien qu'il avait, comme tout le monde, un rhume, ou des soucis.

« Monsieur n'est pas venu depuis longtemps, et il m'incombe de l'informer que nous avons dû abandonner l'ancienne carte, celle que Monsieur connaissait. Depuis que l'établissement a été racheté par Monsieur Rapido, le metteur en scène, nous proposons un nouveau menu, “plus moderne”, comme on dit.

Comme Monsieur le sait sûrement, depuis le développement du clonage, la mode s'est emparée des recettes à base de chair humaine. Monsieur a pu constater que le temps est révolu où seuls quelques établissements clandestins servaient ces produits. On trouve à présent, dans toutes les grandes surfaces, des préparations à base de chair humaine qui remportent, cela n'a pas échappé à Monsieur, un succès populaire incontestable. On pourrait parler d'un véritable engouement.

C'est pourquoi Monsieur Rapido a donné pour mission à notre nouveau chef d'élaborer la première carte gastronomique à base exclusivement de chair humaine. Je laisse Monsieur faire son choix. »

La typographie était la même. L'épaisse reliure de cuir n'avait pas bougé. Je lus.

« Nos viandes proviennent de clones de premier choix, sélectionnés et nourris par nos soins dans nos propres élevages. »

Parmi les entrées, j'aperçus : « Buisson de phalanges grillées », « Rillettes de doigts d'enfant à l'ancienne », « Pénis farci aux crevettes », « Cervelles d'artiste en terrine ».

Parmi les plats, je relevai : « Gratin d'yeux au gingembre », « Fesse de vierge grillée », « Brochette de testicules au romarin », « Ragoût de talons braisés ».

Quand revint le vieux maître d'hôtel, voûté et un peu las, je lui ai rendu la carte.

« Pardonnez-moi, mais je n'avais pas été averti de cette transformation, et je préfère m'abstenir.

— C'est comme Monsieur voudra. Je comprends Monsieur. »

Il ajouta ces trois derniers mots d'une voix beaucoup plus basse, insistante, presque en aparté. Je crus discerner dans son œil une sorte de soulagement, presque un soupçon de gratitude.

Pour ma part, je n'éprouvais rien qui ressemblât à du dégoût, mais quelque chose à situer entre mélancolie et nostalgie.

31

Sous-exposition

Pas de publicité, aucun communiqué. Pas même d'affiche ni de programme. Uniquement des mots, murmurés de l'un à l'autre, à voix basse, en passant, comme si l'on regardait ailleurs. Chuchotements complices, sans réponse, traînée de brèves consignes, pour ceux qui savent.

Tout était demeuré si discret, furtif, qu'on aurait pu croire qu'il n'y aurait pas grand monde. L'exposition avait lieu dans un sous-sol, dissimulé par un bâtiment désaffecté, dans la banlieue nord d'une ville tenue secrète jusqu'au dernier moment, ce qui ne facilitait pas la visite. L'entrée, que rien ne signalait non plus, était difficile à repérer. À l'intérieur, du moins dans la première salle, la lumière était très faible et l'on discernait mal la configuration des lieux, et le sens de la visite.

Malgré tout, il y avait foule. Des gens de toutes sortes, de tous âges, venus pour certains de fort loin, se pressaient en silence dans cette pénombre. Chacun savait être venu pour un événement rare, et avançait sans bruit vers la grande salle. À l'entrée, en pleine lumière, on pouvait lire :

« Chers amis,

Dans cette salle sont rassemblés des objets, anciens ou modernes, utilitaires ou non, industriels ou naturels. Tous n'ont qu'un point commun : ces objets n'ont *jamais* été photographiés, filmés, captés par une caméra vidéo.

Pour en être certains, nous avons pris le maximum de garanties. Nous avons mené des enquêtes, recoupé les témoignages, durant des mois et des années. Nous sommes aussi assurés qu'il est possible de l'être de vous présenter des objets qui n'ont effectivement *jamais* été vus à la télévision. Des choses dont il n'existe même *aucune* image, ni ancienne ni récente.

Nous certifions que tous les objets rassemblés ici n'ont été vus que par des yeux d'hommes ou d'animaux, à l'exclusion de tout objectif, caméra, lentille, diaphragme ou autre.

Vous pouvez naturellement toucher ces différentes choses, en prenant garde à leur éventuelle fragilité. »

Les visiteurs entraient dans la grande salle avec une sorte de joie grave. Un peu intimidés, presque gauches, ne sachant trop par où commencer. Petit à petit, ils commençaient à s'enhardir, avançaient la main, prenaient une théière ou un caillou, un calendrier ou un morceau de bois. Plus ou moins tôt, selon son tempérament, chacun comprenait qu'il ne regardait pas les objets, mais son propre regard.

Ce n'était pas cet amas hétéroclite qui importait. Les centaines d'objets rassemblés, sans ordre, sans souci esthétique, ne se distinguaient pas des autres, au premier regard. Mais c'était justement la question : y avait-il ou non quelque chose à voir ? ou bien s'agissait-il de déplacer le regard ? de traquer ce que lui seul capte ? Les gens se regardaient regarder, réfléchissaient à l'authentique, à ses pièges, sa réalité et son illusion.

À la sortie, toujours en pleine lumière, figuraient les lignes suivantes :

« Au moment où nous sommes presque partout et tout le temps happés par le virtuel, incapables de distinguer les choses de leurs reflets, les originaux de leurs duplications, la réalité de ses doubles, au moment où ces mots semblent avoir perdu toute signification, et où les conséquences de cette disparition risquent de nous faire disparaître également, je suis heureux, et fier, d'avoir pu vous offrir ce moment d'expérience. »

Bien que le texte fût demeuré anonyme, le bruit courait, chuchoté par la foule, que son auteur n'était autre que Drastik. Il se serait ainsi, disait-on, vengé de Helmut Rapido. Toutefois, personne ne posait clairement la question : en quoi est-ce une vengeance ?

32

Coiffeur pour blés

Tout le monde avait perdu sa trace. Son frère ignorait ce qu'il avait bien pu devenir. L'instituteur de Rocamadour l'évoquait bien souvent, mais ne parlait de lui qu'au passé. Personne ne savait où était Amadeo Barbarossa, le boulanger-prophète qui annonçait obstinément la fin du monde pour le mois suivant.

Au terme de plusieurs mois d'investigation, il est possible de dissiper ce mystère. L'itinéraire est reconstitué, les zones d'ombre à peu près supprimées.

La faillite de sa boulangerie et l'échec de ses prophéties avaient suscité chez le jeune homme, de nature instable, un état délirant. Il errait dans la campagne, dormant au hasard, allant de ferme en ferme. Il expliquait qu'un complot cosmique s'employait à l'abattre, que le monde était maintenu artificiellement dans l'existence au-delà de la date de sa disparition réelle et incontestable, qu'il avait annoncée.

Les services sociaux le conduisirent à l'hôpital psychiatrique de Rodez, où il resta plus d'un an. Son état s'améliora, sans qu'on puisse établir s'il s'agissait d'un succès thérapeutique ou de l'évolution spontanée du cas.

Au lieu de se croire chargé d'annoncer la fin du monde, Amadeo Barbarossa se persuada qu'il en était le défenseur. L'existence de l'univers dépendait des soins qu'il devait lui prodiguer. Et pas n'importe lesquels ! Il avait transformé son amour ancien pour les céréales en souci esthétique. Amadeo avait décidé d'être coiffeur pour blés. Sa mission était d'apprêter les surfaces cultivées pour la visite prochaine de visiteurs cosmiques.

La chevelure des champs de froment, les ondulations des épis, voilà ce qu'il devait rendre impeccable pour séduire les extraterrestres et empêcher la destruction du monde. Il inventa des outils, en perfectionna d'autres, en détourna quelques-uns de leur usage, et parvint à des prouesses techniques.

Il rêvait de fermiers tendant le bras vers la plaine en criant : « Vous me la faites bien dégagée au-dessus des épis. » Il voyait des céréaliers pointant du doigt un vallon en disant : « En brosse ! » ou bien : « Tout ondulé, et dégradé sur les côtés. » Pour rouler les meules, trisser la paille, lisser les foins, il promettait de faire merveille.

Sa conviction était telle que les médecins acceptèrent de tenter l'expérience, convaincus qu'en dépit de l'étrangeté du projet Amadeo saurait trouver, progressivement, le chemin d'une réinsertion.

C'était compter sans l'emballement coutumier du personnage. Il imprima des affiches où il se présentait comme « cosmétocéréalier », d'autres où il se disait « agriesthéticien ». Bientôt, il prétendit étendre son champ de compétences à d'autres cultures, proposant des permanentes pour tournesols ou des décolorations pour betteraves.

Chez les agriculteurs, consternation et rigolade. Au café, un soir, l'un d'entre eux, pour jouer, fit le pari de demander un devis. C'était bientôt la moisson. Il ferait venir Amadeo pour lui demander un projet pour le champ coupé à ras.

Personne ne sut ce qu'Amadeo aurait pu proposer. La blague tourna à la tragédie. D'après les témoins, la moissonneuse-batteuse était en pleine action quand Amadeo arriva dans le champ pour prendre ses mesures. Il n'entendit, apparemment, ni les cris du fermier, ni le vacarme de l'engin, et se retrouva fauché dans la fleur de l'âge.

On put lire, le lendemain, quelques lignes en page 11 du *Républicain du Centre*. La brève était intitulée : « Fin tragique d'un prophète ».

33

Fiche d'histoire

La région située entre la mer Noire et l'océan Atlantique fut autrefois peuplée et extrêmement prospère. Elle n'a pris l'aspect désert et désolé que nous lui connaissons aujourd'hui qu'à la suite d'une longue série de conflits meurtriers connus sous le nom de guerre des poires.

La poire était un fruit juteux, à la chair fondante, parfois lisse, parfois légèrement granuleuse, que l'on récoltait principalement à l'automne. Les difficultés semblent être venues du fait qu'il n'existait pas une seule sorte de poires, mais un nombre important de variétés, dont nous connaissons encore certains noms : Guyot, Louise-Bonne, Williams, Passe-Crassane, Beurré-Hardy, Alexandrine.

Pour des raisons mal connues, les amateurs de ces différentes variétés se sont progressivement dressés les uns contre les autres. Nous savons, par recoupement des témoignages fragmentaires fournis par différents textes et vestiges, qu'il existait de fortes divergences concernant la manière d'éplucher les poires, ainsi que des querelles, apparemment très vives, relatives aux façons de les préparer (crues, pochées, au sirop, en confiture, en compote, « tapées », en alcool, etc.).

De telles oppositions sont également attestées pour d'autres fruits disparus, comme par exemple ceux qu'on appelait « pomme », « cerise », « fraise », « framboise », et d'autres encore, sans toutefois que ces dissensions aient entraîné des conséquences comparables. Il faut donc supposer que, probablement vers la fin des Temps modernes, les conflits à propos des variétés de poires aient pu se transformer en affrontements de type religieux.

Bien qu'on ne connaisse aucun vestige d'un culte quelconque, il est fort probable que les sectateurs d'une variété donnée eurent tendance à considérer de plus en plus les amateurs des autres variétés comme des êtres indignes, méprisables et malveillants.

On raconte que des prisonniers se jetaient par les fenêtres plutôt que de manger une autre poire que la leur, et que des femmes enceintes se laissaient égorger sans trahir leur poire favorite.

Pour des motifs eux aussi mal élucidés, ces conflits prirent le pas sur les autres divergences.

Il semble que les altercations au sujet des poires virent converger toutes les causes de violences, conjuguant haines raciales, nationales, des luttes économiques, sociales, territoriales.

Selon les dernières fouilles, c'est au cours du millénaire III que se déroulèrent les conflits de plus forte intensité. La poire dite « Conférence » essaya de s'imposer, comme l'atteste notamment la multiplication, durant cette période, de réunions dénommées « conférence internationale ». Leurs échecs répétés laissent penser que les autres variétés opposèrent une résistance acharnée.

34

Vingt-trois ans de moins

Se hisser au sommet d'une haute échelle de bois, à quatre-vingt-dix-sept ans, exige un peu de patience. Le Rav Leeuw n'en manquait pas. Il s'était même exercé, toute sa vie, à savoir attendre. À présent, il savait que sa fin n'était pas loin. Alors, lentement mais sûrement, il se hissait, une fois encore, vers le grenier de la grande synagogue de Prague.

Il n'éprouvait pas ce qu'on nomme habituellement « fierté ». Pourtant, il ressentait une forme singulière de satisfaction. Parvenir à créer un être vivant, voilà qui n'était pas rien ! Il était le premier, après Dieu, à y parvenir. Selon ses disciples, c'était d'ailleurs à la demande de Dieu lui-même qu'il s'y était appliqué. Grâce à sa réussite, l'histoire allait changer de direction, repartir dans le bon sens.

Si toutefois il parvenait à surmonter les dernières difficultés qui venaient de surgir. Car le golem, sa créature de glaise habitée par le souffle, le nom de Dieu, l'idée de la vérité, commençait à se dérégler. Il était donc nécessaire de la désactiver, d'effacer la première lettre, et de faire ainsi que « vérité » se transformât en « mort ».

Pourtant, le maître ne souhaitait pas renoncer totalement à sa création. Il fallait trouver un moyen de préserver une part du travail, de retarder la mise en route de l'effacement. Cette fois, il avait, enfin, une solution. Il importait de la mettre en œuvre, mais aussi, plus que tout, de s'assurer qu'elle ne pourrait jamais être divulguée.

Avant d'arrêter l'ancienne créature, au risque de périr écrasé sous la masse d'argile inerte, le Maharal de Prague, pour l'appeler par son surnom, s'appliqua à créer un autre golem, plus petit, plus fin, qui n'entrerait en action que bien longtemps après sa propre disparition.

Il utilisa, pour parvenir à ce résultat, une petite fiole de parfum de la mort, qui avait le pouvoir de retarder le temps. Ceux qui firent remarquer que cela est impossible, parce que ce parfum ne sera découvert que bien plus tard, par Arcimboldo « Bapo » Bacigalupo (aujourd'hui réfugié en Chine sous le pseudonyme de Nguyen Cheng), n'ont visiblement rien compris à ce que suppose de retarder le temps.

Le Maharal régla précisément la quantité de parfum pour que le nouveau golem s'anime au moment où lui, le Maharal, aurait eu cent vingt ans. En 5369, il en avait quatre-vingt-dix-sept. Ce serait donc en 5392, dans vingt-trois ans, que la créature se mettrait en route.

Tout fonctionna comme prévu. Pendant six longues années, les disciples du Maharal apprirent au nouveau golem la grammaire et l'étude. Ils lui enseignaient aussi à se mouvoir harmonieusement, avec discrétion. Enfin, en 5398 (date qui correspond à l'année 1638 du calendrier grégorien), la créature quitta le grenier, et la synagogue, et Prague. Elle vécut à Amsterdam et en d'autres lieux des Républiques unies, sous le nom d'emprunt, devenu fameux par la suite, de Baruch Spinoza.

À l'attention de ceux qui douteraient de la véracité des faits ici rapportés, trois indices sont à rappeler. D'une part, le penseur connu sous ce nom soutient que la vérité se désigne elle-même. D'autre part, il affirme : « Nous sentons et expérimentons que nous sommes éternels. » Enfin, il affirme : « Par perfection et par réalité j'entends la même chose. »

Qui d'autre qu'un golem pourrait proférer des choses pareilles ?

35

Happy End

Pendant plusieurs mois, *Happy End* devint la série la plus controversée de la télévision mondiale. Elle était diffusée par Star Network, qui vit ainsi son audience tripler et son chiffre d'affaires multiplié par dix. Mais le bruit allait au-delà. Les journaux de toutes les régions en parlaient, même ceux qui n'avaient pas vu l'émission avaient un avis.

Le concept était simple : le candidat qui formulait les dernières volontés les plus originales se voyait offrir leur réalisation intégrale, conforme à ses vœux, jusque dans les moindres détails. Un jury composé de personnalités hétéroclites était chargé d'opérer une première sélection et, chaque semaine, le public votait pour désigner un gagnant parmi cinq candidats.

La compétition était très ouverte. La production retenait en effet des candidats de tous âges et de toutes nationalités. *Happy End* recrutait aussi bien des malades incurables qui voulaient terminer en beauté que des condamnés à mort (avec l'accord de leurs gouvernements respectifs). À condition de signer une décharge de responsabilité et de passer un examen psychiatrique auprès du médecin de l'émission, tous les candidats au suicide étaient admis à concourir.

Le plus important était l'originalité des projets et leur caractère spectaculaire. Étaient systématiquement écartées les dernières volontés banales, les dossiers peu visuels, les fins sans mise en scène. Le profil idéal était celui du candidat de condition modeste qui rêvait de mourir dans des circonstances exceptionnelles, inaccessibles pour lui en temps normal. Si le public votait pour lui, *Happy End* lui offrait cette mort de rêve. Tout était prêt, à chaque émission, pour réaliser les vœux de chacun des cinq candidats. À la fin du vote, les quatre perdants faisaient leurs adieux. Seul le finaliste mourait en direct dans les conditions de son choix.

Helmut Rapido, le célèbre metteur en scène, signait avec *Happy End* sa première série télévisée. Il avait donné la consigne de répartir les candidats en cinq catégories. « Bien-être » : voyages de rêve, festins, orgies simples, soins corporels. « Extrême » : exploits sportifs, overdoses, opérations spéciales. « Culture » rassemblait les demandes de concert, spectacles, films et autres ;

« People », les dossiers de rencontres avec des stars ou des personnalités de tous domaines. « Surprise », enfin, regroupait des demandes insolites, ne correspondant à aucune des catégories précédentes. Le succès était prévisible. Les polémiques aussi. Mais pas l'arrêt de la série en plein succès.

Au cours de ce qui allait devenir la dernière émission, tout était pourtant conforme aux plans. Le candidat « Bien-être », un ingénieur australien de 54 ans, atteint d'un cancer du pancréas, voulait passer une semaine aux Bahamas, dans la plus belle suite du *Blue Paradise Resort*, avec cinq *escort girls* des différents continents. Le jeune drogué de la catégorie « Extrême » avait pour dernière volonté d'être crucifié la tête en bas dans un égout de Manhattan. En « Culture », une institutrice autrichienne à la retraite, condamnée par une leucémie, qui voulait écouter l'œuvre complète de Fanny Mendelsohn en mangeant des blinis à Bénarès, en face du Gange. La jeune Chinoise candidate « People » rêvait d'une soirée avec Mick Jagger avant d'être électrocutée sur scène, à la suite d'un chagrin d'amour. Pour la « Surprise », c'était un retraité finlandais, contremaître dans une conserverie de poissons, qui souhaitait manger des crevettes grillées en haut de l'Everest avant de se jeter dans une crevasse.

Contrairement aux prévisions des sondages, ce fut lui qui remporta la victoire haut la main. Le spectacle, immédiatement mis en œuvre, fut grandiose. Après avoir dévoré ses crevettes grillées avec appétit, et pris un bol de *rice crispies* (dont il était grand amateur), le gros homme jeta toute sa masse, de forte corpulence, dans une profonde crevasse, largement illuminée pour l'occasion.

Le Fonds mondial pour la protection de l'environnement intenta aussitôt une action en justice contre l'émission. La récupération du corps étant impossible, il s'agissait d'une dégradation de l'environnement. D'autres cadavres pouvant être abandonnés dans des circonstances identiques ou comparables, il fallait immédiatement mettre un terme à cette production.

Malgré l'habileté des avocats de la firme, le juge du Tribunal audiovisuel international donna gain de cause au Fonds mondial. *Happy End* finit mal.

36

Une pièce en plus

C'est un rêve qu'il m'est arrivé de faire souvent. Dans mon appartement (ou dans une maison, ou un hôtel), soudain je découvre une pièce en plus. Ce n'est pas simplement une pièce nouvelle, qui apparaîtrait tout à coup, comme un ajout, un supplément. Cette pièce existe de façon permanente, mais on n'y entre que de manière fortuite, sans pouvoir dire comment. On s'y retrouve tout à coup, incapable de repérer le chemin pour y revenir à son gré.

Ce n'est que par hasard qu'on peut y pénétrer, par une sorte de glissade, en se faufilant. Une fois qu'on y est, la sensation est plutôt agréable et en même temps étrange. Car la pièce en question n'a rien de particulier, sauf qu'elle ne devrait pas exister. Elle ne figure sur aucun plan. Son espace ne correspond à aucune des mesures que l'on peut prendre du bâtiment quand on se trouve « à l'extérieur » de cette pièce.

Le paradoxe de cette pièce est donc qu'on s'y meut réellement, qu'elle occupe de la place, que son volume n'a rien de fictif et qu'elle ne figure malgré tout nulle part. Son existence est tout à fait impossible alors même qu'elle se donne pour réelle. Elle heurte le bon sens. Mais, dans ce défi à la raison, l'atmosphère demeure très paisible.

C'est d'ailleurs ce qui étonne. Que cette pièce soit si paisible. Qu'on s'y sente tellement au calme. Qu'elle puisse véritablement constituer un refuge ou une protection. Car son impossibilité est cause d'effarement au-dehors seulement. À l'extérieur, on ne comprend pas, on s'irrite et s'indigne, proclamant que l'impossible ne peut pas exister.

Au-dedans, l'évidence de l'endroit est incontestable et rassurante. On s'y sent à l'abri des regards comme des bombes. Aucun argument n'est nécessaire, ni d'ailleurs disponible, pour convaincre qu'il en est bien ainsi. Aucun guide (plan, schéma, itinéraire) n'est concevable pour venir. Tout va bien. On comprend cela plus aisément sur d'autres planètes. Peut-être.

37

Labyrinthe

« *Et ça vous rassure ?*

— Oui, parce que si tout est inscrit, il n'y a plus de risque que ça disparaisse. Il y aura toujours quelqu'un, quelque part, qui tombera sur les traces, et ça pourra continuer. Je veux dire : ça pourra revivre.

— *Vous croyez donc que les traces sont stables ! Vous m'aviez dit qu'elles se modifiaient.*

— Tout dépend où elles se trouvent. Chez moi, dans ma bibliothèque, je vous l'ai déjà dit : les livres se modifient la nuit. Mais dans les grandes bibliothèques, je veux dire celles qui sont publiques, où il y a des gardiens, c'est différent. Là, rien ne bouge. Tout est stable, aucune dégradation. Ou alors très lente, infime. Une virgule, peut-être, par-ci par-là, d'un mois sur l'autre, pas de quoi fouetter un chat.

— *Vous avez beaucoup fréquenté les bibliothèques ?*

— Oui, évidemment, mais une seule, en fait, celle où il y avait tout ce qu'il peut y avoir. J'y allais tous les jours, depuis le matin jusqu'au soir. Au début, j'avais décidé d'apprendre par cœur tous les livres. Je voulais pouvoir emmener avec moi, partout, dans ma tête, la totalité des volumes...

— *Et alors ?*

— Je me suis rendu compte, assez vite, que ce ne serait pas possible. Quand je dis « assez vite », je ne sais pas ce que vous allez imaginer, alors je précise : environ quatre ans. Pendant quatre ans, environ, j'ai cru que je pourrais y arriver, qu'à la longue j'apprendrais de plus en plus vite, et que j'y arriverais. Au bout de quatre années, je me suis aperçu que je savais par cœur seulement une cinquantaine de livres. Ce n'était donc pas faisable. Et encore, il paraît que j'étais plutôt doué. Mais j'ai dû renoncer, et j'ai remplacé cette première idée par celle du plan.

— *C'est-à-dire ?*

— J'ai appris le plan de la bibliothèque.

— *Le catalogue ?*

— Non, le plan !

— *Pouvez-vous expliquer ? Je ne comprends pas ce que vous voulez dire...*

— Le catalogue est alphabétique. Moi, je voulais connaître l'emplacement physique des volumes, leur disposition. Je souhaitais pouvoir me déplacer mentalement dans la bibliothèque en sachant toujours avec exactitude où se trouvait chaque rayon, éventuellement chaque volume.

— *Et vous y êtes parvenu ?*

— Au terme d'une vingtaine d'années d'exercices quotidiens, oui, je pense. Je commençais toujours par l'allée centrale, *L'Histoire générale des plantes*, avec ses 2 512 volumes. Arrivé au rond-point, je laissais à main gauche l'archéologie et je poursuivais, à droite, comme pour rentrer chez moi, avec la botanique, en suivant les rangées de livres consacrées aux légumes. Savez-vous combien d'études ont été consacrées aux lentilles vertes du Puy ? Dix-sept ! Aux lentilles en général ? Deux cent douze ! Aux pois chiches ? Cent quatre-vingt-deux !

Arrivé à la hauteur des salsifis, je commençais à obliquer à gauche, pour prendre directement l'allée qui part en biais à l'intersection Botanique – Sciences humaines, comme pour rentrer à la maison. C'est là que commence la grande série des histoires de l'agriculture, contrée par contrée, siècle par siècle, culture par culture, méthode par méthode.

— *Et vous ne vous égariez jamais ?*

— Impossible, puisque juste à la hauteur des thèses concernant la vie rurale au Mozambique, il suffit de bifurquer à droite sec, juste dans la petite allée, étroite mais rectiligne, bordée par les travaux sur les fissures.

— *Les fissures ?*

— Ne m'en demandez pas trop. Pour tout dire, je n'ai jamais pu savoir exactement ce que c'était. J'évitais même de m'attarder dans cette allée. Les titres des volumes avaient quelque chose d'inquiétant : *Encyclopédie générale des fissures* (4 104 volumes), *Brèches et béances des origines à nos jours* (748 volumes), *Trous à travers les siècles* (312 volumes). La plupart du temps il n'y avait personne aux tables de lecteurs, à part cinq ou six pêcheurs de crevettes en ciré jaune, auxquels je trouvais à chaque fois, je m'en souviens encore parfaitement, l'air patibulaire.

Au bout de l'allée, il fallait prendre, à gauche, le couloir des sentiments perdus, généralement obscur, où se trouvaient des masses considérables d'ouvrages anciens, sur l'amour, la joie, la peur, l'étonnement (je me souviens, allez savoir pourquoi, d'une monographie reliée en cuir rouge sur *L'Étonnement dans le Bas-Languedoc au XVII*e *siècle*, qui aurait sans doute mérité d'être lue), la piété, la solidarité et autres.

Au fond du couloir, je m'en souviens parfaitement, il fallait pousser une lourde porte, et là... ah ! ça, c'est embêtant !

— *Quoi donc ?*

— Eh bien... vous êtes là, tranquillement, derrière la porte ! »

38

NDS

Je n'avais encore jamais eu l'occasion d'observer la cheville gauche d'une fille de Chou En-lai. Sincèrement, il sera difficile de considérer qu'il puisse s'agir d'une insuffisance de ma part. Plutôt la conséquence d'une série de hasards. J'avais eu souvent l'occasion d'en croiser, depuis la première fois où vous en avez repéré une dans le cabinet de traduction. Mais, à chaque fois, je crois qu'elles avaient des pantalons, ou bien leur cheville gauche, sous la table, n'était pas visible. Que ce fût à Paris, en Finlande, en Alaska, ou à Shanghai, se reproduisit toujours le même scénario : si j'en apercevais une, je n'avais pas l'occasion de voir, de près ni de loin, sa cheville gauche.

Cette fois, c'était tout différent. Elles devaient être quatre cents, peut-être cinq cents. Il n'y avait d'ailleurs, apparemment, que des filles de Chou En-lai dans la salle, mis à part l'orateur.

Jamais je n'en avais vu autant rassemblées. C'était impressionnant, malgré tout. Toutes identiques, jupe noire, talons hauts, frange impeccable, lèvres très rouges. Et, la plupart ayant les jambes croisées, la cheville gauche parfaitement visible.

Toutes avaient, à cet endroit, un petit tatouage noir et rouge. Il représentait, très distinctement, une crevette inscrite dans un triangle. Avec leur frange lisse, à la Louise Brooks, cela formait un ensemble qu'on eût pu dire, en un autre temps, seyant.

Et malgré tout anérotique. Je sais combien cette remarque, incidente et digressive, est dépourvue d'importance, toutefois je me sens tenu de signaler que, malgré une indiscutable tendresse pour la *Loulou* de Pabst et un certain intérêt pour la sinogynie, je n'ai jamais éprouvé la moindre attirance pour le croisement des deux incarné, justement, par les filles de Chou En-lai.

Elles prenaient toutes des notes avec la plus grande application. Je jetai un coup d'œil sur le titre de l'exposé, que débitait l'expert d'une voix monotone : « *How to speak to NDS* ». Comment parler à... quoi ? qui ?

Je demandai à une fille de Chou En-lai : « *What does "NDS" mean ? – New Declining Species* », répondit-elle avec un sourire que j'ai trouvé de circonstance. J'ai quitté la salle en évitant de me faire remarquer.

39

29 h 73 min

Depuis pas mal de temps, je ne vois plus net sans lunettes. Des dizaines de millions de gens étant dans le même cas, je n'arriverai pas à faire pleurer sur mon sort. Cet inconvénient mineur, toutefois, m'irrite. Surtout la nuit, quand il me faut chercher mes verres à tâtons pour être sûr de lire l'heure. Sinon c'est flou, je peux me tromper.

La nuit dernière, quand j'ai vu 29 : 73 affiché en lettres rouges sur ma table de nuit, j'ai compris, même dans un demi-sommeil, que je n'avais pas mes lunettes. Je les ai donc cherchées dans le noir en faisant tomber, comme d'habitude, deux ou trois objets qui encombrent, avec d'autres, mon chevet.

Rétablie d'un point de vue optique, la situation s'est fortement dégradée du point de vue psychologique. Car j'ai vu, lunettes en place, 29 : 73. Pendant un instant, je suis resté stupide, regardant cette heure impossible sans comprendre.

J'ai cru la pendule totalement détraquée. Totalement, car jamais, même par suite d'une erreur ou d'une panne, une horloge ne pouvait afficher cette suite de chiffres. Il faudrait donc acheter un nouveau réveil. Pourtant, celui-là n'était pas vieux. De la camelote, tous ces trucs.

Ne parvenant pas à me rendormir, j'ai allumé la télévision. Dans la barre en bas de l'écran où défilaient les titres des informations, j'ai vu, distinctement, 29 : 79. Là, j'ai commencé à m'inquiéter. C'était évidemment la même chose sur toutes les chaînes, et sur l'horloge de mon ordinateur, comme sur celle du téléphone portable. Seule ma montre, comme tous les autres cadrans, était bloquée à minuit.

Sur les chaînes d'information, des éditions spéciales commençaient à s'organiser, mais personne, visiblement, n'avait rien à dire d'intéressant. On montrait les aiguilles de Big Ben, et d'autres horloges historiques, bloquées sur le 12. On passait en boucle les horloges des aéroports, des centres atomiques, des systèmes informatiques qui affichaient des données différentes, mais sans lien entre elles, selon les régions du monde.

Les physiciens ou astronomes, tirés de leur sommeil, affirmaient que c'était incompréhensible, qu'il fallait attendre d'autres données, que cela ne correspondait à rien de connu, ce qui n'était que d'un secours modeste.

Des illuminés, prophètes, millénaristes ou messianistes aveugles arrivaient en grand nombre sur les plateaux pour expliquer, face aux micros et caméras, le sens de l'événement, conforme à toutes leurs prévisions.

De petits groupes commençaient à parcourir les rues des différentes capitales en donnant des consignes de survie. Les uns préconisaient de se réfugier dans les grottes de Rocamadour, d'où partirait une humanité régénérée. D'autres pourchassaient d'éventuels receleurs de pommes, responsables à leurs yeux de la situation actuelle. Il régnait une certaine confusion.

Je constatais qu'il s'était bien passé quelque chose, probablement quelque chose d'infiniment grave, dont nous n'avions pas d'exemple. Mais, pour cette raison précisément, j'étais, comme tout un chacun, illuminés mis à part, incapable de l'appréhender.

C'est en voulant prendre une douche que j'ai pris mesure d'une nouvelle dimension du problème. En me regardant dans le miroir de la salle de bains, j'ai découvert en effet que je portais une combinaison bleue, avec une petite cape et, sur la poitrine, un grand triangle rouge.

Outre le fait que ce n'est pas pratique pour se doucher, et que je n'aimais vraiment pas les bottines, de mauvaise facture, la présence de cet accoutrement m'a laissé perplexe. Si je suis devenu Drastik, alors qui êtes-vous donc ? Et comment allons-nous sortir de cet imbroglio ? Il faut faire vite, il est déjà 31 h 84 min.

40

Dernier bal

Le carton d'invitation était laconique. Un prétendu « Comité d'élucidation » – de quoi ? – organisait un bal, à Rome, dans les thermes de Caracalla. Il était demandé de venir déguisé, mais rien ne précisait pour quel motif, d'ailleurs, ni la raison d'être de cette fête, annoncée plusieurs semaines à l'avance. À droite, en bas, on pouvait lire sur chaque carton, en petits caractères : « *Humans only* ». Apparemment, plusieurs agences de presse avaient été informées : l'événement était annoncé dans une quantité de journaux et magazines, chacun précisant que la rencontre était à ne pas manquer. Personne, malgré tout, ne semblait savoir de quoi il s'agissait au juste.

Les organisateurs, qui persistaient à demeurer anonymes, avaient visiblement de gros moyens. Des invitations personnelles avaient été expédiées un peu partout, que ce soit en Finlande, en Alaska, dans le Montana, à Shanghai, à Rocamadour, à Prague, à Angoulême, en Amazonie et dans divers autres lieux dont la liste peut être envoyée, contre deux timbres, aux lecteurs qui en feront la demande. À chaque fois, les invités se voyaient offrir leur billet d'avion ou de train. Leur hébergement en hôtel de luxe était pris en charge par le « Comité d'élucidation » (les consommations de mini-bar et les frais de téléphone restant à leur charge).

Plusieurs jours avant la fête, des équipes techniques commencèrent à poser des barrières métalliques, à monter la sonorisation, à installer les projecteurs. La police interdit une partie du secteur à la circulation. À J – 2, les derniers essais d'éclairage provoquèrent un début d'incendie, vite maîtrisé par les pompiers de garde.

Quand arrivèrent enfin les premiers invités, les observateurs prirent la mesure de leur extrême diversité. On remarquait en effet de nombreuses jeunes femmes déguisées en filles de Chou En-lai, si bien imitées qu'on ne pouvait savoir si c'étaient elles-mêmes ou une contrefaçon parfaite. D'autres invités s'étaient déguisés en Maharal de Prague, en vaillant guerrier tagupi, en différentes variétés de poires. Plusieurs célébrités étaient également reconnaissables, comme Helmut Rapido, Nguyen Cheng, Jean-Pierre Darbon, sans que l'on puisse décider s'ils s'agissaient d'elles-mêmes ou d'anonymes grimés avec soin.

Le bruit se mit à courir, vers le milieu de la soirée, qu'un certain nombre de morts prenaient part au bal. Plusieurs témoins affirmaient en effet avoir reconnu un certain Barnett Newman Jr., qui aurait disparu accidentellement il y a plusieurs années. Mais il demeurait difficile, pour ne pas dire impossible, de vérifier de telles rumeurs.

Plus troublante était la présence d'une personne de forte corpulence qui, selon de nombreux témoins, ressemblait à s'y méprendre au retraité finlandais qui avait été, quelques mois auparavant, le dernier gagnant de l'émission *Happy End.* Cet homme dont le cadavre devait normalement gésir au fond d'une himalayenne crevasse, arpentait le bal en vociférant et en mangeant force *rice crispies*. Toutefois, là encore, on pouvait encore penser qu'il s'agissait d'une coïncidence ou d'un habile déguisement.

Dans cette cohue bigarrée, je vous ai cherché en vain. Ne vous ayant pas aperçu au début, je me suis appliqué à observer attentivement chaque petit groupe. Vous n'y étiez pas. J'ai fait visionner systématiquement toutes les vidéos par les services de sécurité. Ils ont confirmé votre absence. Cela m'a paru suspect. À moins que vous n'ayez choisi, étant informé par l'invitation, de vous déguiser en suspect. Je réglerai ce point plus tard.

Pour ma part, je suis en Drastik. Bien que toujours gêné par la culotte et les bottines, je monte à la tribune, aménagée en haut d'une arche que j'ai fait spécialement éclairer. Chacun pourra toujours penser que c'est une blague. « Il n'y a ni blague ni non-blague, c'est pourquoi on parle de blague », pensé-je, drastiquement.

« Chers amis,

Bonsoir ! J'espère que vous vous amusez bien. J'espère que le buffet vous convient. Comme vous l'avez sûrement remarqué, il ne comporte ni crevettes ni chair humaine.

Cela est lié à ce que j'ai découvert, et que je tiens à vous révéler ce soir.

Si je vous ai réunis, c'est en effet pour vous annoncer une grande nouvelle ! Je suis parvenu à déjouer un complot qui visait à détruire l'humanité et à prendre le contrôle de la Terre !

Une puissante espèce extraterrestre, composée d'êtres gigantesques, crevettoïdes, travaillait depuis des générations à l'invasion de la Terre.

Mais je suis parvenu à comprendre leur plan, j'ai saisi comment étaient reliés les uns aux autres une série d'événements qui semblaient n'avoir aucun rapport. Grâce à mon super-cerveau, j'ai pu décrypter le plan d'ensemble et discerné les détails de cette opération mortelle. Mes super-pouvoirs m'ont permis de désamorcer la machine infernale mise au point par les crevettes cosmiques.

Tout expliquer serait trop long ce soir. Mais, comme la plupart d'entre vous ont été mêlés à l'affaire, j'ai prévu que vous soyez tous, pour quelque temps, mes invités. »

Des tireurs d'élite sortirent des buissons, d'autres apparurent au sommet des ruines des thermes de Caracalla. En moins d'une heure, tous les invités sans exception furent conduits, dans des autocars à vitres noires, vers une destination tenue secrète.

41

Savoir l'heure

Avoir perdu l'heure exacte se révéla fort embarrassant. En peu de temps, tout fut désorganisé. Les transports étaient devenus impossibles ou suicidaires, les rendez-vous aléatoires, les transactions bloquées.

Une sorte de folie s'empara, de proche en proche, de l'humanité entière. Certaines personnes erraient dans les rues, angoissées ou hagardes, en demandant l'heure à ceux qu'elles pouvaient croiser, et qui n'en savaient rien, ou avaient décidé de faire semblant, ce qui ajoutait encore à la confusion. D'autres restaient prostrées, le regard fixé sur leur montre ou sur une pendule, comme si une solution allait surgir.

La plupart, choquées mais encore incapables d'envisager que l'heure ait pu disparaître, cherchaient à s'informer. Elles pouvaient imaginer que les horloges, montres, pendules, chronomètres, machines anciennes ou modernes pour mesurer le temps, fussent temporairement détraqués. La cause d'un tel dérèglement général demeurait inconcevable, mais cette panne générale de la mesure était, si l'on peut dire, moins impossible à envisager qu'une disparition de l'heure elle-même. Pour l'instant, on ne parvenait plus à savoir l'heure, mais elle continuait à être quelque part, il suffisait de chercher, on devait forcément y arriver – voilà ce que pensaient pratiquement tous les gens.

Comment s'y prendre ? On vit en quelques jours fleurir d'innombrables méthodes. Beaucoup croyaient qu'en éteignant et rallumant les appareils ils allaient obtenir la « bonne » heure. Mais les résultats étaient, partout, différents. Chaque tentative donnait une heure différente, la plupart du temps une heure « impossible » (du type 97 : 82 ou 25 : 71).

Tenter de savoir l'heure devint un effort quotidien, permanent. Les recherches se déroulaient dans un climat général d'affolement croissant. Des rumeurs circulaient (« il est 14 heures ! », « tout le monde dit qu'il est bientôt midi ») et se contrariaient.

Dans de nombreux quartiers, les gens se réunissaient dans les églises, les temples, les synagogues, les mosquées pour prier ensemble afin que l'heure soit révélée, et que tout redevienne comme avant. La perte de l'heure n'avait pas seulement pour conséquence une longue série de catastrophes et d'accidents en cascade. Elle paralysait les affaires. Elle désorganisait la production. Elle mettait en péril l'économie mondiale.

Pour tenter d'endiguer le flot des rumeurs, des agences d'information se créèrent rapidement. Leur concurrence les incitait à garantir « leur » heure par des investigations fiables. Mais leurs divergences ruinaient cette tentative. Il y eut à certains moments plusieurs heures en vigueur dans des communautés et des groupes différents, ce qui ne fit qu'ajouter à la confusion.

Il apparut vite que celui qui détiendrait l'heure exacte aurait en main un atout imparable. Sa fortune était assurée. Sa domination pouvait devenir durable s'il parvenait à faire protéger cette heure par un copyright. Du coup, on vit proliférer mille sortes d'escrocs, qui tous prétendaient détenir l'heure exacte et proposaient de la vendre à des prix vertigineux. Le pire était qu'en dépit des échecs successifs de leurs supercheries, ces fausses informations trouvaient toujours preneurs, si grande est la crédulité, et si vif était le besoin de savoir l'heure.

On dut constater que le monde allait, désormais, beaucoup moins bien.

42

Miroir payant

C'était la première fois que je voyais un miroir payant. Tant qu'on en n'a jamais rencontré, il est difficile de se représenter de quoi il s'agit. Devant votre lavabo, une surface plane, verticale, totalement opaque, comme une porte de placard. Sur le côté, un boîtier où vous pouvez insérer votre carte de crédit.

Une fois le règlement effectué, la surface opaque devient miroir. Vous pouvez vous voir. Le miroir cesse de fonctionner après un certain temps, en fonction du règlement effectué. Les riches peuvent se regarder à loisir, en choisissant le forfait pour la journée entière. Les autres se voient selon leurs moyens et selon l'ensemble des autres dépenses de la chambre.

Car c'est un hôtel nouveau. Le principe est simple : la chambre est gratuite, le reste payant. L'entrée est libre, il suffit de pousser la porte.

Si vous voulez fermer la porte, il faut payer. Le reste est à l'avenant.

Par exemple, l'eau ne coule que si vous payez, après avoir acheté l'ouverture de la porte de la salle de bains et la mise en route de la lumière. Sont également payants : l'ouverture des toilettes, la chasse d'eau, le papier, l'accès au lit, la fermeture des rideaux, l'usage de la penderie ou des tiroirs, le fonctionnement de la télévision et celui du sèche-cheveux.

Pour éviter de fastidieuses manipulations de boîtiers et de multiples achats successifs avec la carte, l'hôtel propose, pour un prix modique, un bracelet électronique permettant un télépéage qui facilite grandement la vie. Son usage incite inévitablement à une consommation plus forte des différents services, ce qui constitue un progrès indiscutable.

Finalement, j'ai passé une assez bonne nuit. Bien sûr, comme le font, paraît-il, beaucoup de nouveaux clients, j'ai commencé par tenter de rester debout, la porte ouverte, dans le noir, pour profiter d'une chambre gratuite. Mais, comme tout le monde, j'ai vite trouvé cela inutile et fatigant. J'ai donc commencé à payer.

Peut-être pas en vain. Car cela m'a donné l'occasion de penser qu'il devait probablement en être toujours ainsi : il y a un prix à payer pour dormir, boire, se laver. *No free lunch*, c'est trivial. Mais il y a aussi et surtout un prix à payer pour se voir, pour assurer la continuité de son individualité, la relative permanence de son sentiment d'exister.

L'ennui, c'est qu'on ne sait pas clairement dans quelle monnaie se fait la transaction, ni au bénéfice de qui.

43

Voleur de plafond

Maître Grave, notaire à Angoulême, s'est intéressé au bouddhisme tibétain. Il finit même par devenir, au fil des ans, un assez bon connaisseur des textes et des rituels, mais aussi de la langue et de sa grammaire. Malgré les protestations répétées de Roseline-Yvonne, son épouse, que rien de tibétain ni de bouddhiste n'intéressait, il résolut de passer le mois d'août (pendant lequel l'étude, sans être à proprement parler fermée, était en activité réduite, et confiée chaque année au premier clerc, qui s'en débrouillait fort bien), à l'Institut de tibétologie de Gangtok, capitale du Sikkim.

La vérité historique impose de préciser qu'en dépit de ses protestations, Roseline-Yvonne, qui n'envisageait pas une seconde de mettre les pieds à Gangtok, n'était pas mécontente de la décision de son mari, dans la mesure où ce moment de solitude lui permettait de passer plus de temps, et plus librement, avec le nouveau garçon boucher de la maison *Votre Traiteur*, qui lui servait d'amant.

L'incident principal qui marqua le séjour du notaire d'Angoulême au Sikkim vaut d'être rapporté, car il dépasse, et de loin, le registre de l'anecdote. Quand maître Grave revint dans sa chambre à l'*Imperial Shrimp Hotel* de Gangtok, à 200 mètres à peine de l'Institut de tibétologie, quelque chose d'anormal le frappa immédiatement, sans qu'il sût aussitôt discerner quelle était au juste l'anomalie.

Tout avait changé, en paraissant identique. Le couvre-lit était toujours aussi affreusement humide, les fauteuils avec appuie-tête en coton blanc toujours aussi inconfortables, l'ensemble du décor persistait à paraître empesé. Toutefois, la lumière n'était plus du tout la même. Au lieu de la pièce sombre qu'il avait quittée tout à l'heure, il retrouvait un espace très lumineux, presque excessif de clarté.

Il fallut quelques secondes à maître Grave pour comprendre la raison du changement. Le plafond avait disparu. La chambre était directement éclairée par le ciel, plutôt sombre et nuageux à ce moment précis. C'était incompréhensible autant qu'indiscutable : le plafond, qui était encore là quand il avait quitté cette chambre, n'y était plus.

Aucune détérioration n'était visible. Ni poussière ni gravats. On aurait dit que le plafond avait été découpé selon un tracé net, rectiligne, comme une feuille de papier effilée par une lame de rasoir.

Le directeur de l'hôtel, après avoir constaté les dégâts, prévint la police. Celle-ci rédigea un rapport concluant logiquement que le plafond avait été volé, et le transmit aux autorités centrales. Dans les jours suivants, d'autres incidents du même genre furent signalés au sud-est et au sud-ouest de Gangtok.

Le constat était toujours le même. Le plafond était « dérobé » en quelques heures, parfois quelques minutes seulement, sans trace de découpe ni même d'effraction d'aucune sorte. On commença à envisager l'existence d'un « gang des plafonds », ou l'activité d'un dangereux pervers. Personne, en tout cas, ne comprenait comment ce voleur pouvait opérer.

Le trouble devint plus grand quand il apparut que les vols de plafonds se poursuivaient selon deux itinéraires rectilignes. L'un reliait en droite ligne l'*Imperial Shrimp Hotel* de Gangtok à Bouaké (Côte d'Ivoire) et repartait vers Abidjan, l'autre, parti du même point, rejoignait Bénarès et de là bifurquait vers Séoul. Sur ces lignes, des plafonds disparaissaient, les uns après les autres, dans des conditions toujours identiques.

Les trajectoires s'arrêtaient respectivement à la cuisine d'un petit snack d'Abidjan, *Le Roi des Gambas*, et dans un restaurant de Séoul renommé pour ses raviolis aux crevettes. Faute de données suffisantes, l'affaire fut classée et les plaintes déposées ne débouchèrent sur aucune poursuite.

Quand maître Grave rentra à Angoulême, Roseline-Yvonne le trouva changé, préoccupé, absent. Elle mit d'abord ce changement d'humeur sur le compte de la fatigue, du décalage horaire. Quand la sombre humeur de son mari persista, elle songea que, décidément, le bouddhisme tibétain le rendait maussade. Puis elle n'y pensa plus, et se consola dans les bras du garçon boucher.

Maître Grave se suicida quelques jours plus tard.

44

Matériel de chasse

Selon la police, il s'agissait d'un banal accident de la route. Meurtrier, mais banal. La voiture, une puissante berline de fabrication récente, avait abordé le virage à trop grande vitesse. Malgré les efforts déployés par le conducteur, visibles grâce aux traces de pneus, le véhicule s'était encastré dans le mur de la ferme.

Jean-Pierre Darbon était mort sur le coup. Il fallut toutefois plusieurs heures aux services techniques pour extraire son corps de l'amas de tôles enchevêtrées et parvenir à ses papiers. Comme sa notoriété régionale était forte, il y eut foule à ses obsèques. L'oraison funèbre fut prononcée par un ancien ami d'enfance, inconnu de ses proches. Aucun des familiers de Jean-Pierre Darbon n'avait entendu parler de ce Fernando Barbarossa, linguiste spécialisé dans les langues amazoniennes, qui semblait si bien connaître la personnalité et la carrière du défunt.

Cet homme semblait plutôt réservé, presque timide. Il avait l'air inquiet, plus que triste. Il s'exprima dans un français châtié, avec un fort accent cubain.

« Mesdames, Messieurs,

J'imagine aisément que vous êtes surpris de me voir, aujourd'hui, évoquer la mémoire de Jean-Pierre, dans la mesure où vous pensez sans doute que nous étions devenus très distants.

Détrompez-vous ! J'ai passé mon enfance avec Jean-Pierre en Alaska, je l'ai connu à une époque où personne, parmi vous, ne l'avait encore rencontré, et surtout, nous sommes toujours restés en contact étroit. Bien que les circonstances de la vie nous aient éloignés, aussi bien professionnellement que géographiquement, Jean-Pierre m'a toujours tenu au courant, très fidèlement, des événements de son existence. C'est pourquoi je crois être en mesure de retracer les grandes lignes de sa carrière.

La première chose que je tiens à célébrer, la plus chère à mon souvenir, ce furent nos années communes de lecture de la *Chasse au Snark*. Pendant de longues soirées, en Alaska, nous lisions et relisions ce petit livre que nous avions fini par connaître entièrement par cœur.

Jean-Pierre était devenu capable de le réciter intégralement, ce qui, à l'époque, me stupéfiait.

Une strophe, en particulier, l'enchantait, dont il disait toujours, même bien plus tard, qu'elle résumait à la perfection ce qu'il faut avoir toujours en tête pour bien chasser le Snark :

Ils le chassaient, armés de fourchettes, de soin

Ils tentaient de l'occire avec de vieilles actions de chemin de fer

Ou de le charmer avec du savon et des sourires

Ces principes, mesdames, messieurs, notre ami Jean-Pierre Darbon y fut fidèle tout au long de son existence. Dussé-je vous surprendre, je dirai que ce fut, entre tous, un grand chasseur de Snark. Toute sa carrière porte la marque du grand chasseur qu'il fut, n'oubliant jamais ni les règles que je viens de rappeler ni cet autre principe fondateur : Certains Snarks sont des Boujoums. Perdre de vue cette vérité, c'est renoncer à toute capture. Ce ne fut jamais le lot de Jean-Pierre.

C'est en chasseur de Snark déjà confirmé, malgré son jeune âge, qu'il réussit son diplôme d'ingénieur et entama sa carrière en Finlande, où il donna toute satisfaction jusqu'au jour où arriva le fameux télégramme de maître Grave, chargé d'exécuter le testament du baron Hypolite de Belgat.

Vous savez tous comment Jean-Pierre hérita de la *Thanatos Unlimited* après avoir discerné la bonne épitaphe dans le concours agencé par le baron. La maîtrise dont il fit preuve en ces circonstances ne signalait-elle pas un chasseur de Snark émérite, rompu au déchiffrement d'insolites énigmes ?

De même, sa magnifique réussite dans l'édition d'objets inédits (houlette, égides, férules, cuillères à pots) n'était, en un sens, qu'une nouvelle chasse au Snark, ou plutôt la continuation par d'autres moyens de cette quête incessante qui anima son existence tout entière.

Il m'avait écrit, quelques jours avant sa tragique disparition, qu'il venait de mettre au point un produit dont il espérait beaucoup : un nouveau modèle de dévolu, plus léger et moins coûteux que tous les modèles existants, qui allait permettre de jeter son dévolu plus facilement et dans des occasions plus nombreuses.

Mais Jean-Pierre, dans cette même lettre, m'avait également fait part du projet qui lui tenait le plus à cœur, et qu'il semblait sur le point de réaliser enfin. Je dis enfin car c'était un projet très ancien, dont il avait déjà forgé l'idée au temps de notre adolescence.

Il voulait monter une entreprise de vente par correspondance d'articles pour la chasse au Snark. Au catalogue figuraient bien entendu des fourchettes, des crèmes de soin, de vieilles actions de chemin de fer, du savon, mais aussi des cloches (comme celles que le capitaine agite) et des cartes de navigation entièrement blanches.

Grâce à cette initiative, les chasseurs de Snark du monde entier pourraient s'équiper dignement et progresser dans leur sport favori. La mort n'a pas permis à Jean-Pierre de réaliser ce rêve.

C'est pourquoi, en hommage à sa mémoire, je vous suggère que nous mettions sur pied cette entreprise unique ! »

À ces mots, un murmure parcourut l'assistance. Beaucoup de ceux qui entouraient la tombe étaient mécontents de cette évocation. Ils n'y retrouvaient pratiquement rien de l'homme qu'ils avaient connu. On remarquait, en particulier, au premier rang, dans un élégant manteau noir, une fille de Chou En-lai, recueillie et élevée, autrefois, par Hyppolite de Belgat. Elle paraissait habitée d'une grande colère contenue.

45

Le releveur de fissures

Il avait commencé seul, et très jeune. Personne n'a jamais pu savoir d'où l'idée avait bien pu lui venir. Au fil des ans, à chaque fois qu'on lui posait la question, il répondait invariablement : « On ne sait jamais, j'ai pensé que ça pouvait servir. »

C'est ainsi qu'il avait entamé l'entreprise colossale d'une encyclopédie générale des fissures. Le projet consistait à les relever toutes, quels que soient leur âge, leur forme ou le matériau et l'emplacement où elles se trouvaient. Chaque fissure possédait sa fiche, indiquant la date du premier relevé, son emplacement exact, ses dimensions (longueur, profondeur, tracé), son matériau d'insertion, son âge estimé et son évolution probable.

À mesure, des réseaux s'étaient constitués. Il supervisait à présent des équipes dans une centaine de pays, qui relevaient les fissures soit selon une logique spatiale (fissures d'une maison, d'une rue, d'un village) soit selon une logique catégorielle (fissures du bois, du métal, du plâtre). Les données étaient centralisées, standardisées et rassemblées dans la banque de données de l'encyclopédie.

L'homme refusait que l'on communiquât son nom. Il ne se faisait appeler que « le releveur de fissures », du moins pour ceux avec qui il se sentait en terrain d'entente, dans une certaine complicité. Pour tous les autres, il était « le directeur de l'encyclopédie des fissures ».

Des séminaires de formation étaient organisés pour les nouveaux collaborateurs, afin qu'ils sachent distinguer clairement ce qui est fissuré de ce qui est fendillé, et ne confondent pas fissures, crevasses et brèches.

À intervalle régulier, dans de nombreux pays, des doutes s'étaient élevés sur l'utilité de cette entreprise. De nouvelles voix s'élevèrent quand on apprit que l'édition de l'*Encyclopédie générale des fissures* venait d'atteindre le tome 1000. Les observateurs étaient d'autant plus perplexes que, d'après les premières estimations, il faudrait encore plusieurs générations, et peut-être 150 000 volumes, pour achever le projet.

L'homme répondait toujours, avec la même obstination : « On ne sait jamais, j'ai pensé que ça pourrait servir. »

46

Conférence de presse

Les grandes agences avaient été prévenues, ainsi que les rédactions des chaînes d'information internationales, les correspondants de tous les journaux importants, les radios, les sites web les plus influents. Tous avaient été informés que, cette fois, Drastik répondrait à toutes les questions concernant l'attaque d'extraterrestres qu'il avait déjouée.

Il était précisé que l'heure suivie était celle du réseau Ouest, qui commençait à s'imposer pour les professionnels de l'information. Malgré tout, il fallut répondre à plusieurs demandes de confirmation, et la réunion commença avec un certain retard. Pour ne pas l'augmenter, on entra directement dans le vif du sujet.

« Vous vous demandez certainement quel était le plan de ces extraterrestres, et leur mode opératoire.

Sur ces questions, je vais m'efforcer d'être concis mais précis. D'après ce que j'ai pu reconstituer, il s'agit d'un plan longuement préparé, et entamé de longue date. Il se pourrait que les envahisseurs aient déjà observé le Maharal de Prague et Spinoza, bien que nous n'en ayons encore aucune preuve formelle.

Nous savons en revanche avec certitude que leurs premiers émissaires ont commencé leurs observations déguisés, sur nos côtes, en pêcheurs de crevettes. À cette époque, ils étaient encore relativement maladroits. C'est pourquoi ils ne prirent pas la précaution de sortir de l'eau entre deux marées. Cela me donna l'occasion de repérer leur manège.

En fait, comme vous le verrez, ces extraterrestres semblent posséder une structure assez proche de nos crevettes, bien que leur taille soit vraisemblablement, ramenée à l'échelle terrestre, comparable à celle de la baleine bleue.

Quoi qu'il en soit, ils ont entrepris une étude poussée des propriétés de nos différentes variétés de crevettes afin de discerner les proximités exactes avec leur propre physiologie.

Leur souci, en opérant ainsi, était double. D'une part, ils cherchaient évidemment à savoir dans quelle mesure leur organisme pouvait s'acclimater sur terre. D'autre part, ils espéraient trouver parmi les crevettes existantes des possibilités stratégiques pour leurs opérations à venir. Ce qui n'a pas manqué.

— *S'il vous plaît, pour* NCC, News Cable Corporation, *pouvez-vous préciser si les envahisseurs avaient trouvé d'autres points de rapprochement entre leur civilisation et la nôtre ?*

— Ils ont beaucoup cherché, apparemment, mais, autant que j'ai pu le comprendre, ils semblent avoir été déconcertés par nos manières de vivre. Le fait que nous mangions des crevettes les a plongés dans une perplexité profonde. Ils ne comprennent pas non plus, semble-t-il, la multiplicité de nos cultures, la diversité des coutumes, la pluralité des paysages. Ils crurent longtemps que la terre était peuplée d'espèces très différentes et que les divers types d'humanoïdes n'avaient rien en commun.

Le grand nombre de langues les déconcertait également. Ils ont mené de minutieuses investigations pour savoir si l'une d'elles se rapprochait, même de loin, des structures de leur code de communication. C'est en Amazonie qu'ils repérèrent une langue en voie de disparition, le tagupi, dont un travail universitaire leur fit comprendre qu'elle ressemblait fort à la leur.

— *Pour* World Network, *s'il vous plaît. Confirmez-vous les informations diffusées ces dernières heures qui mettent en relation une série d'incidents électroniques inexpliqués et ce plan d'invasion ?*

— Oui, absolument. Je vous remercie pour cette question. Je voulais évidemment aborder ce point. Le plan de conquête des extraterrestres comportait une prise de contrôle de nos réseaux de communication et en même temps de nos capacités cérébrales. C'est ainsi qu'ils ont mené des expériences de perturbation d'appareils électroniques divers, de brouillage de la mémoire des codes, d'usurpation d'identité.

L'objectif de ces premières manœuvres n'était pas seulement de prendre le contrôle de certains systèmes cérébraux humains. Il s'agissait également de parvenir à modifier le système nerveux des crevettes terrestres, de telle sorte qu'elles obéissent à leurs instructions. C'est ainsi que des transformations successives ont abouti au fonctionnement cérébral de crevettes congelées, capables de stocker et de transmettre des informations.

— *Voulez-vous dire que les basses températures assuraient, dans leur système, une fonction de transmission ?*

— Je n'cn suis pas absolument certain, mais c'est effectivement très probable. Nous avons en effet découvert que des informations étaient transmises depuis des années à partir de l'Alaska, par l'intermédiaire d'un club de philatélistes qui provoquait la mort par le froid de certains de ses membres.

— Le Quotidien de Pékin *vous remercie par avance de votre réponse à la question suivante : "Le ralentissement du temps jouait-il un rôle essentiel dans le plan d'invasion ?"*

— La réponse est oui, sans hésitation. Toutefois, je tiens à préciser que nous ne savons pas avec précision, dans l'état présent de l'enquête, le mode opératoire de ces modifications de l'écoulement temporel. Tout ce qu'on peut dire, c'est qu'il existe une relation entre le froid, la mort, le ralentissement du temps et la possibilité pour ces extraterrestres de transmettre leurs informations. L'hypothèse la plus couramment formulée, ces derniers temps, est que leur système nerveux exige une température beaucoup plus basse que les nôtres et peut-être un environnement spatio-temporel différent. Mais je dois avouer que nous ne sommes pas encore au bout de nos investigations.

— *Pour la télévision australienne, merci ! Quelle place tenait le clonage dans le plan des extraterrestres ?*

— Une place capitale ! En effet, en favorisant le clonage humain, ils espéraient atteindre plusieurs objectifs. D'abord, organiser une équipe d'informateurs, peut-être ensuite des troupes d'élite, les modèles Delta, qui leur soient entièrement dévoués. Ensuite, il s'agissait de déstabiliser l'ensemble de notre système social, aussi bien en introduisant des humanoïdes corvéables à merci qu'en favorisant les instincts meurtriers, le sadisme, les pratiques cannibales.

— *Que vont devenir les filles de Chou En-lai ?*

— Nous n'avons pris aucune décision pour l'instant. Il faut d'abord les recenser toutes. Nous en avons actuellement dénombré 6 410, mais il en existe sans doute d'autres. Un peu plus de 5 000 sont actuellement détenues. Les autres courent encore. Quand toutes seront arrêtées, nous examinerons leur situation, mais il n'est pas question de les euthanasier. Peut-être pourrait-on leur proposer de monter une revue à grand spectacle.

— *On a beaucoup parlé des complicités humaines dont les extraterrestres avaient su s'entourer. Pouvez-vous nous éclairer sur ce point ? C'est* Le Journal du Québec, *merci !*

— C'est une question très importante, mais je ne peux malheureusement pas vous répondre à présent, car de nombreux dossiers sont encore en cours d'examen.

Tout ce que je peux dire, c'est que ces complicités sont nombreuses, anciennes et diversifiées. Nous sommes donc bien en présence d'un complot très organisé, aux ramifications multiples. J'espère pouvoir, dans quelques jours, vous en dire plus. »

47

Complicités

Les révélations de Drastik avaient provoqué un choc dans l'opinion mondiale. Chaque jour, les réseaux diffusaient de nouvelles informations ou se faisaient l'écho de nouvelles hypothèses. Beaucoup de questions demeuraient sans réponse. Il subsistait des zones d'ombre dans les explications. On ne savait toujours pas avec précision qui avait fait quoi, et de quelles complicités les extraterrestres avaient bénéficié.

C'est pourquoi l'émission spéciale était attendue avec impatience. Pour la première fois, Drastik avait accepté la présence des caméras et allait répondre aux questions d'une dizaine de journalistes. Des mesures de sécurité renforcées avaient été prises pour protéger le studio, dont la localisation était tenue secrète. On craignait une ultime tentative des extraterrestres pour empêcher que leurs secrets ne fussent divulgués.

L'émission commença comme prévu. Après

quelques mots de présentation, les questions fusèrent.

« *Pouvez-vous, aujourd'hui, préciser quels furent les complices humains de ces extraterrestres ?*

— Oui, car l'enquête a progressé... D'autre part, les risques que pouvaient entraîner ces révélations ont été presque entièrement neutralisés. Je vais donc vous dire l'essentiel de ce que nous savons.

Le point à rappeler, avant d'en venir aux cas particuliers, c'est que le rapport au temps des envahisseurs est très différent du nôtre. Cela rend donc très difficile l'estimation des dates, la prise en compte de la durée. Je veux dire que nous ne sommes pas en mesure de savoir quand a commencé la préparation.

Certains pensent que, dans notre échelle du temps, des instructions pour la conquête de la terre avaient déjà été déposées il y a plusieurs millénaires. Laissées dans un temple, sous la forme d'un long poème, le texte aurait été malencontreusement détruit par des archéologues.

Il est également probable que les extraterrestres se soient intéressés de près à la création du golem attribuée au Maharal de Prague, et qu'ils aient suivi l'évolution de Spinoza. Mais nous n'avons pas de preuves formelles.

Nous savons en revanche très bien, aujourd'hui, quels accords ils avaient passés avec un certain nombre d'humains, ou de clones, qui travaillaient pour eux depuis de nombreuses années. C'est ainsi que l'ancien chef révolutionnaire Che Guevara s'était laissé convaincre et dirigeait en Finlande une importante base stratégique de diffusion de crevettes congelées, donc de sources d'observation et d'information pour les envahisseurs.

— *A-t-on une idée de ce qui a pu le conduire à cette collaboration ?*

— Il semble avoir cru que la prise de contrôle de la planète par les extraterrestres fournirait enfin l'occasion propice à une guerre de libération victorieuse. C'est pourquoi il résolut de travailler pour eux.

D'après mes informations, le premier contact fut établi par un de leurs meilleurs agents, Helmut Langsame, qui devint ensuite mondialement célèbre sous le nom de Helmut Rapido.

Il est probable qu'il s'agissait d'un clone, entièrement programmé par les extraterrestres. Sa tâche consistait à établir des têtes de pont stratégiques, tout en s'employant à saccager la culture de l'humanité avec l'actif soutien des élites. Quand la situation commença à devenir critique, il fut chargé d'éliminer le Che au cours de son émission *Happy End.*

— *Y a-t-il d'autres cas d'éliminations semblables ?*

— Évidemment. Nous avons affaire à des agresseurs totalement étrangers à nos sentiments, absolument dépourvus de scrupules ou de respect de la vie. À leurs yeux, nous ne valons rien. Nous sommes des obstacles, rien de plus. Tant que l'un d'entre nous peut leur servir, il l'utilise. Dès que ce n'est plus le cas, ils l'éliminent. De même, ils supprimèrent tous ceux qui se révélaient susceptibles de contrecarrer leur plan. Ainsi, quand Barnett Newman Jr. découvrit le rapport de son père sur les incidents électroniques, il fut aussitôt éliminé.

L'élimination d'Arcimboldo Bacigalupo est également à mettre au compte des crevettoïdes. Dès qu'il mit au point la formule de la senteur ultime, il fut renversé par un camion de crevettes congelées. De même, Amadeo Barbarossa, tué par une moissonneuse-batteuse, ne fut pas victime d'un simple accident. De même, la voiture de Jean-Pierre Darbon n'a pas quitté la route sans raison. Et la mystérieuse maladie qui décima les derniers Tagupi est à son tour suspecte.

Il faudra du temps pour que nous puissions comprendre les mobiles exacts de chaque meurtre, mais je suis certain que ces disparitions ont toutes un lien étroit avec l'affaire.

— *Vous avez parlé du premier Bacigalupo. Et le second ?*

— Le jumeau homonyme, surnommé « Bapo » par commodité, est évidemment à part. C'est lui, en effet, l'inventeur du gel à fixer le temps, qui devait assurer la victoire des envahisseurs. C'est également lui, réfugié à Shanghai sous le pseudonyme de Nguyen Cheng, qui dirigea plusieurs opérations décisives. Il fit apparaître une activité cérébrale chez les crevettes congelées et ensuite commença à bâtir un empire dans le domaine du clonage.

Nous pensons qu'il était peut-être lui aussi un clone, plutôt qu'un jumeau, en tout cas une créature contrôlée. Comme vous le savez, il a été abattu le jour où fut révélé le plan d'invasion.

Dans cette affaire, le rôle des personnages doubles est particulier. À côté des jumeaux Bacigalupo, il y a les frères Barbarossa. Fernando a été pressenti par les crevettoïdes après son retour de chez les Tagupi, pour qu'il se taise. Amadeo, le boulanger-prophète, devenu coiffeur pour blé, était probablement manipulé de bout en bout.

Parmi les autres complices, il faut encore signaler le baron Hyppolite de Belgat. Son rôle est encore mal connu, mais il se pourrait qu'il ait été important. Cet ancien diplomate avait élevé une fille de Chou En-lai, et c'est probablement lui qui avait mis en relation Jean-Pierre Darbon, son fils naturel, et Fernando Barbarossa.

On pense aussi que ce fut probablement à son initiative que les filles de Chou En-lai se firent tatouer une crevette sur la cheville gauche. Ce tatouage dissimulait un émetteur leur permettant d'être en contact permanent avec les envahisseurs. C'est dire que son rôle est loin d'être négligeable.

Nous aurions tort de croire que nous avons terminé l'enquête.

Au contraire, nous devons poursuivre. Je suis convaincu que nous avons encore beaucoup à découvrir. »

48

L'œil caché

Plus le temps passait, moins l'affaire intéressait. D'autres crises, d'autres scandales, comme il est normal, faisaient les grands titres.

Plusieurs points demeuraient pourtant mal élucidés. On ne savait plus dans quelle direction l'enquête avait progressé, vers quelles conclusions nouvelles elle s'orientait.

La rédaction du *World Post* envisagea une nouvelle interview de Drastik. La discussion fut animée. Ne l'avait-on pas trop entendu ? Avait-il quelque chose de nouveau à dire ? Qui s'intéressait encore à ces histoires de crevettes ?

Finalement, ce qui emporta l'approbation de tous, ce furent les ombres du dossier, tout ce qui restait opaque. On décida de tenter une interview musclée, destinée à pousser Drastik dans ses retranchements. On publierait seulement s'il y avait du nouveau.

« *Vous aviez annoncé des progrès à venir concernant l'enquête sur les crevettoïdes, et finalement personne n'a rien vu venir. C'est un échec ?*

— Pas du tout. L'enquête a continué. Elle a progressé, il y a du nouveau, mais j'attendais d'être sûr pour en parler.

— *Vous avez démasqué de nouveaux complices ?*

— Les avancées nouvelles de l'enquête portent plutôt sur ce qu'on pourrait appeler le profil des extraterrestres, leur psychologie, bien que le terme soit impropre. Nous voyons mieux, aujourd'hui, leurs répulsions, leurs motivations. Nous sommes parvenus à ces résultats en reliant à l'affaire d'anciens dossiers demeurés jusqu'alors inexpliqués.

— *Par exemple ?*

— Nous avons compris que les crevettoïdes détestaient les fruits. Ils ont subventionné la secte des destructeurs de pommes, ils ont activé les conflits entre amateurs de poires. On leur doit aussi la disparition de la carte des vins dans les grands restaurants. Comme vous voyez, ces données confirment que leur influence était ancienne et puissante.

— *Qu'est-ce qu'ils détestaient d'autre ?*

— Les enfants, les familles. D'après nos investigations, ils étaient derrière la réforme pénale qui permettait l'incarcération des tout-petits. Il semble qu'ils poursuivaient plusieurs objectifs simultanés : diminuer le nombre d'enfants en circulation, semer le désordre dans les familles, désorganiser les groupes humains.

Ils détestaient également le désordre, en tout cas le désordre humain, auquel ils ne comprenaient visiblement rien. C'est encore sur leur instigation que fut adoptée cette curieuse législation sur la mise en ordre des papiers et des archives, dont vous vous souvenez certainement. Je pense qu'ils souhaitaient récupérer des archives classées après la liquidation de tous les humains. C'est une idée qui nous paraît évidemment stupide, mais je pense qu'elle est caractéristique de l'esprit des crevettoïdes.

— *Comment fonctionnaient leurs réseaux d'information et d'influence ?*

— Plus nous avançons dans l'enquête, plus nous découvrons la complexité de ces réseaux, mais aussi leur caractère parfois déconcertant. Par exemple, nous ne comprenons pas, actuellement, pourquoi les extraterrestres ont dérobé plusieurs centaines de plafonds, disséminés sur des trajectoires rectilignes, alors qu'ils pouvaient obtenir toutes les données souhaitables par d'autres moyens, notamment en envoyant sur place des filles de Chou En-lai. Nous sommes encore loin de comprendre complètement leurs manières d'agir.

— *Vous n'avez pas répondu à notre question : avez-vous découvert de nouveaux complices ?*

— Nous avons fait une découverte capitale, qui annonce certainement de nouveaux développements.

Depuis le commencement de l'affaire, une personne humaine, qui est actuellement toujours en liberté, a été constamment tenue informée, heure par heure, de tous les développements du plan. Rien ne semble lui avoir échappé. Cette personne connaissait l'identité de tous les complices, même ceux qui n'avaient entre eux aucun contact direct.

Elle a eu accès directement, en temps réel, à toutes les données disponibles. Nous avons donc toutes les raisons de penser qu'il s'agit de quelqu'un qui porte, dans le déroulement de toute l'affaire, une très haute responsabilité, mais qui est parvenu à demeurer insaisissable.

— *Son identité ?*

— Pour des raisons de sécurité – je veux dire pour *ma* sécurité et pour *votre* sécurité – je ne suis pas en mesure de révéler son identité aujourd'hui. Mais dès que je pourrai, je n'hésiterai pas. »

49

Un dossier réglé

L'enveloppe était très curieuse. Ses dimensions étaient inhabituelles, le double des plus grandes enveloppes courantes. Elle était extraordinairement décorée, chatoyante, brillant d'un bizarre et insolite éclat.

Le nom et l'adresse du destinataire étaient inscrits deux fois, tête-bêche, un peu comme les figures dans les jeux de cartes anciens. Je n'avais jamais vu aucun courrier semblable.

Il n'y avait, sur cette enveloppe, aucune mention d'expéditeur. Ni, ce qui était encore plus singulier, aucun cachet de la poste. En regardant mieux, je dus constater qu'il n'y avait, d'ailleurs, aucun timbre, ni aucun signe d'affranchissement.

Figuraient pourtant bien, sur une partie de cette mystérieuse enveloppe, mon nom et mon adresse, parfaitement lisibles. Il n'y avait pas d'erreur possible, c'était bien à moi qu'elle était destinée. Je pouvais légitimement l'ouvrir, bien que sa magnificence persistât à me faire hésiter.

Finalement, j'ouvris. C'était bien cela ! Alors que je n'y croyais plus, alors qu'il m'était arrivé, à plusieurs reprises, d'oublier même que ce fût en route...

Oui, il y avait dans cette enveloppe, bardée de sceaux officiels et de signes d'authenticité, surchargée de tous les symboles et de toutes les garanties, un certificat officiel autorisant ma bilocation !

Vérification avait été faite, par qui de droit, que je n'en possédais pas déjà une et, compte tenu des circonstances que j'avais exposées, il m'était conféré le privilège d'être présent en deux lieux distincts. Ce pouvoir exceptionnel entrait en vigueur le jour même de la délivrance du certificat.

Je regardai la date sur le parchemin et commençai à ressentir un malaise. La date remontait à plusieurs mois. Pendant tout ce temps, pendant que je croyais être ici, et seulement ici, avais-je donc été, aussi, ailleurs ? Pendant que je pensais agir seul, peut-être, en raison de ce pouvoir devenu actif, étais-je double ?

Tout en pressentant que je n'étais pas en mesure d'entrevoir d'emblée toutes les conséquences, je comprenais qu'il s'était passé quelque chose de terrible. J'entrevoyais, l'un après l'autre, les bouleversements qui s'étaient produits sans que j'en soupçonne rien.

En fait, j'étais vous, et vous étiez moi. J'écrivais, vous lisiez. Bien que situés en deux lieux distincts, nous pensions la même chose, au même moment, nous avions les mêmes informations, pratiquement les mêmes émotions, nous partagions plus ou moins une seule conscience. Cette bizarre situation explique quelques confusions de mémoires, désirs flous, responsabilités croisées ou faussées. Car des fragments de ma tête ont commencé à investir la vôtre. Ils se crurent chez eux, prirent leurs aises.

Pendant ce temps-là, nous étions un seul, même si nous nous trouvions, moi, ici, et vous, là. Mais que veut dire « un seul » ?

50

Pourtant tout continue

Je suis retourné voir la salle à peine éclairée où des experts parlent toujours de l'environnement, des conserves de poissons et de la baisse des ressources en crevettes de l'ensemble du globe.

Vous y étiez aussi, évidemment. Vous avez de nouveau remarqué la cabine de traduction, et à l'intérieur, appliquée, la frange impeccable, les lèvres très rouges, la même fille de Chou En-lai. La même, ou une autre. J'étais incapable de le dire. Vous aussi, d'ailleurs.

J'eus d'abord, comme vous, le sentiment que rien n'avait changé. Tout, comme hors du temps, semblait se prolonger indéfiniment. Même expert, même rapports, mêmes mots, mêmes gestes. Et puis, en regardant mieux, je devins sensible à certains détails qu'au premier regard je n'avais pas remarqués.

Ainsi, j'aperçus distinctement le tatouage que portait l'interprète à la cheville gauche, car elle avait plié la jambe et posé sa cheville sur le genou de l'autre jambe. Je remarquai également, que, dans cette posture singulière, et même franchement inhabituelle, pour tout dire, elle parlait en regardant son tatouage, comme si elle s'adressait à lui, bien plus qu'au micro, qui était d'ailleurs orienté dans une direction assez nettement différente.

Constatant que l'interprète ne parlait pas dans le micro, ou seulement de manière fort approximative, j'eus la curiosité de chercher si elle s'exprimait en chinois, comme l'inscription sur la cabine persistait à l'indiquer.

En écoutant dans le casque à ma disposition – ce que ne faisait aucun des participants, puisqu'il n'y avait toujours pas un seul locuteur de chinois – je pus constater que la langue utilisée par la fille de Chou En-lai n'était pas du chinois.

Visiblement, il s'agissait d'une langue que j'avais, ces derniers temps, eu tout loisir d'apprendre à discerner entre mille. Je veux parler du tagupi.

C'est alors que je compris que l'affaire était loin d'être classée, et que nous avions, vous et moi, encore beaucoup de pain sur la planche. Car si des filles de Chou En-lai continuent à transmettre en tagupi des rapports d'experts au moyen de leur tatouage-émetteur en forme de crevette, on peut dire que nous ne sommes pas sortis de l'auberge.

Parmi les détails qui ne m'avaient pas frappé la première fois – vous non plus, je crois bien – je vis que l'interprète portait, à chaque poignet de son chemisier, un intéressant bouton de manchette.

Dense, noir, parfaitement circulaire, il évoquait, en miniature, luisant et bien découpé, mais réduit, comme pour rire, à l'état d'accessoire, le fameux et terrible point final.

Table

CET OUVRAGE
A ÉTÉ ACHEVÉ D'IMPRIMER
SUR ROTO-PAGE
PAR L'IMPRIMERIE FLOCH
À MAYENNE EN FÉVRIER 2007

N° d'édition : L.01ELJNFF9058.N001. N° d'impression : 67556.
Dépôt légal : mars 2007.
(Imprimé en France)